Portakal Ağacı

Candaş Tolga Işık

Candaş Tolga Işık / *Portakal Ağacı*

© *2016,* İnkılâp Kitabevi Yayın Sanayi ve Ticaret AŞ

Yayıncı ve Matbaa Sertifika No: 10614

Bu kitabın her türlü yayın hakları Fikir ve Sanat Eserleri Yasası gereğince İnkılâp Kitabevi'ne aittir. Tüm hakları saklıdır. Tanıtım için yapılacak kısa alıntılar dışında, yayıncının izni alınmaksızın, hiçbir şekilde kopyalanamaz, çoğaltılamaz, yayımlanamaz ve dağıtılamaz.

Genel yayın yönetmeni Ahmet Bozkurt
Editör Çetin Şan
Kapak tasarım Burak Şahin
Kapak uygulama Gökçen Yanlı
Sayfa tasarım Yasemin Çatal

ISBN: 978-975-10-3724-4

16 17 18 19   7 6 5 4 3 2 1
İstanbul, 2016

Baskı ve Cilt
İnkılâp Kitabevi Yayın Sanayi ve Ticaret AŞ
Çobançeşme Mah. Sanayi Cad. Altay Sk. No. 8
34196 Yenibosna – İstanbul
Tel : (0212) 496 11 11 (Pbx)

İNKILÂP Kitabevi Yayın Sanayi ve Ticaret AŞ
Çobançeşme Mah. Sanayi Cad. Altay Sk. No. 8
34196 Yenibosna – İstanbul
Tel   : (0212) 496 11 11 (Pbx)
Faks : (0212) 496 11 12
posta@inkilap.com
www.inkilap.com

Portakal Ağacı

Candaş Tolga Işık

İNKILÂP

"Hayat hakkında yazabilmen için önce onu yaşaman gerek. Çünkü, hikâye gerçekse hiçbir yazı kötü değildir."

Ernest Hemingway

İÇİNDEKİLER

"Sana İnanmak Kadar, Seni Sevmek de Yalan" 9

Adını Dövme Yaptırdım Yarim 19

Feodallerin Korkulu Rüyası Bekir Amca 27

Bırakınız İçsinler, Bırakınız Kurtarsınlar 33

"Kalbim Kaldırmıyor Artık" 39

Devamsızlık Sendromu 45

Asker Arkadaşım Portakal Ağacı 51

"Ömrüm Seni Sevmekle Nihayet Bulacaktır" 57

Yaptıklarından Değil, İnsan En Çok
Yapamadıklarından Pişman Olur 71

Olmaz Dediğin Ne Varsa 79

Aklın Zamansız Öldürdüklerini Yürek
Ansızın Diriltir 89

35'ten Bildiriyorum 115

"SANA İNANMAK KADAR, SENİ SEVMEK DE YALAN!"

Kaç yıl geçti üzerinden kim bilir... Hayatımda en çok birine "inanmaya" ihtiyacım olduğu dönemde sevmiş, "sevmeye" hiç ihtiyacım olmadığı dönemde inanmıştım ona...

Meğer kampanya varmış: Yılın bu mevsimi hem inanıp hem de seven çiftlere ilahi müessesenin bir ikramı olarak aşk da hediye ediyorlarmış!

Aslında bedavacılığı sevmem.

Sırf bu yüzden marketlerdeki o "3 alana 1 bedava" ürünlerden bile ikiden fazla almışlığım yoktur. Böyle bir kariyeri nasıl oldu ziyan ettim bilmiyorum, ama almış bulundum o bedava aşkı bir kere...

O meşhur klişede geçen "sözün bittiği yer" neresidir bilmiyorum ama benim bittiğim yer tam olarak burası oldu işte!

*

İlk başlarda rahattım.

Çünkü sevgilimin bana olan sevgisi, aşkı benimkinden çok daha eski ve çok daha geniş kitlelerce bilinir olmuş kadim bir bilgiydi.

Benim onu sevmek için belki onun kadar sebebim yoktu. Ama öyle bir sebebim vardı ki, niteliğini ölçebilecek nicelik yoktu:

"Ona sarılarak uyumaya, hem de sadece uyumaya bayılıyordum."

Yıllardır yatakta sağa kıçımı dönüp yatmayı ilke edinmiş ben, günümüzün dönek solcuları gibi sağı terk etmiştim adeta.

Öyle ya, bir erkeğin bir kadına sarılarak uyumasından daha öte bir duygu olabilir miydi ki? Dokunmanın böyle tesirli, böyle "saf" durduğu, böylesine teslim olduğun bir an daha var mıydı ki?

Sarılarak uyumak deyip geçmeyin, bu yüzyılın en büyük hastalıklarından biri, sevgililerin birbirlerine ya ön sevişmede ya da usulen mecbur kalınan alanlarda dokunma ihtiyacı hissetmesi...

Bu yüzden sokakta el ele dolaşan çiftlerin sayısı azalıyor, hatta nesilleri tükeniyor! Instagram'da paylaşılacak bir fotoğrafa dönüşmeyecekse eğer, birbirlerinin elini tutarak yürümeyi "gereksiz" buluyorlar.

Biz ise "Âleme isyan, ölümüne çArşı' düsturuyla Garipçe'den bir liraya aldığımız iplikten bilekliklerimizi nişan yüzüğü yapıp Voltran misali el ele tutuşarak başladık bu aşka...

Hiç yapmadığım şeyleri yapmaya, sevmediğim şeyleri sevmeye başladım onunla...

Mesela hayatımda ilk kez o istedi diye patlıcan yedim. O güne kadar ağzıma sürmediğim patlıcanın tadı onun elinden kuzu eti gibi geliyordu bana. Tomris Hanım, Turgut Uyar ve patlıcan olmuştuk adeta...

Okey oynamaya başladık bizim çocuklarla... Bildiğin okey! O açtığında gözlerindeki mutluluğu görmek için habire taş çalıyordum.

Çok mutluyduk çok... Ama nasıl bir mutluluk... Anlatamam...

Tarif et dersen, "İnönü Stadı'nın ortasında üçlü çektirmek nasıl bir his?" diye soran gazeteciye Alen'in verdiği cevap gibi bir şeydi:

"Bu öyle bir şey ki ne yaşayan anlatabilir, ne de yaşamayan anlayabilir."

*

Bir gün hava çok bozuktu... Belliydi bir bela geleceği.

Birlikte olduğumuzu duyan ortak bir arkadaş aradı, "Allah belanı verdi," dedi.

İçimden, "Tatsız bir şaka cümlesi ile başladı, hayırlı olsun, diye bağlayacak herhalde," dedim.

Bağladı!

Hiç bilmediğim şeyler anlatmaya başladı.

Sevgilimin sık sık açılmayan telefonlarının aslında neden açılmadığını, "Yonca'nın babası" diye gittiği "babaları" ve bana yutturduğu tonlarca zokayı...

"Niye?" diye sordum. "Ne gerek vardı ki?"

"O böyledir," dedi.

"'O böyledir' ne ulan? Nasıldır?"

"O böyledir işte..."

Hiç unutmuyorum o lafı... Lenin söylemiş galiba: "Bir insan bataklığa düşmüşse elinden tutup çıkarın, eğer sizi bataklığa çekiyorsa bataklığa itin saplansın."

"Onun sonu belli," demişti, "bataklığın dibini görecek de seni çekmesine içim razı değil... İtemezsin bilirim, ama uyarıyorum seni, en azından kaç kurtar kendini..."

O güne kadar beni çok "uyaran" olmuştu, ama hiç böyle kalbimi masanın üzerine koyup usturayla doğrayarak uyaranı olmamıştı.

Bok çuvalı gibi kalmıştım ortada, ki bir bok çuvalının içinden bile bu kadar pis kokular gelmez, gelemezdi.

O gün anladım ki yalan, boktan daha pis kokan bir şeydi ve ne olursa olsun uzak durmalıydı yalandan ve yalancıdan!

*

Sonrası mı?
Çorap söküğü gibi geldi gerisi...
Benim diyen oyunculara taş çıkaracak kadar rol kesiyor, hep yakalansa da yalandan vazgeçemiyordu. Kendimi boş verdim, ölü - diri demeden değer verdiği, sevdiği herkese yalan söylüyordu.

İlkokul çocuğunun tenezzül etmeyeceği numaralara başvurmasına mı yanmalıydım, kendi vicdanında hepsini aklayabiliyor olmasına mı, yoksa bunu bir yaşam biçimi haline getirmesine mi?

Bir arkadaşım, "Biliyor musunuz adını bile doğru bilmiyor olabiliriz," demişti.

Önce gülmüştük.

Sonra mı?

O gece göz kapaklarıma hidroelektrik santral kursan, Kars'ın bir günlük ihtiyacını karşılayacak kadar elektrik üretirdin!

*

Hemen vazgeçmedim tabii...

Birkaç kez vaziyetin farkına varsın, aklını başına alsın diye konuşmayı denedim.

Olmadı.

Göstermeyi denedim, bu yolun yol olmadığını...

Olmadı.

"Aslında kalbinde kötülük yok, görecek sonunda..." diye umutla beklemeye başladım.

Yeminler etti, ama hiç tutmadı.

Onu sevenler araya girdi, "Yolun yol değil... Böyle güzel şeyler hayatta denk gelmez, ziyan etme yalanlarla, kurtar kendini şu ruhundan," diye anlatmaya çalıştılar.

Anlamış gibi yaptı, ya hiç anlamadı ya da yanlış anladı.

*

Nasıl mı bitti?

O hep "düzeldim" dedi. Ben hep "inanmıyorum" dedim, ama içten içe hep inandım. Sonra hep bir yerlerden foyası çıktı.

O düzelmemekte, ben inanmakta ısrar ettim uzun süre...

Sonuncu yalanını hatırlamıyorum, ama "sonunu" hiç unutmuyorum: Hayatta en sevdiği adamın, dedesinin mezarının başındaydı...

"Dedem bile benle konuşmuyor artık," diye ağlıyordu.

"Mezarlıktan çıkar çıkmaz yalan konuşacağına emin olduğu içindir. Ölü olabilir, ama enayi değil adam. Kandırılmayı yediremiyor. Ben de yediremiyorum ve gidiyorum," dedim.

Gittim.

Biliyordum ki mezarlıktan çıktığı an, o "ucuzluk" yine ruhunu teslim alacaktı.

Öyle de oldu...

Aynı günün gecesinde kıçı başı oynamaya başlamıştı.

Ama bu sefer hazırlıklıydım! O gün mezarlıktan çıkmasını beklemeden kalbimdeki mezarlığa gömmüştüm onu! Artık bütün haltlar onundu ve istediğinden dilediği kadar yiyebilirdi.

*

Üzerinden yıllar geçti...

Bir daha yüzünü hiç görmedim.

Birkaç kez haberini getirdiler: Okulu yarım kalmış, hayalleri yarım kalmış, aşkları yarım kalmış, pişmanmış, farkına varmış...

Bir insanın başına gelebilecek en büyük felaket nedir biliyor musunuz?

Farkına vardığında, artık hiç farkının kalmaması!

Aradan geçen bunca yılda hâlâ anlamış değilim: İnsan nasıl ziyan eder hayatını yalanlarla?

Bakmayın böyle konuştuğuma...

Bu aşk bittiğinde, son hızla karşı yönden gelen kereste yüklü bir tırla kafa kafaya girmiş 78 model vosvos gibiydim.

Bazen olmaz, ama o kadar güzel olmaz ki, "Ulan ancak bu kadar güzel olmayabilirdi," dersin.

Bu sevda da olmamıştı, ama geride esaslı bir acı ve o unutulmaz bir hayat dersi bırakmıştı. Bir de tövbe ettiklerim tabii...

O güne kadar ufak tefek ben de yalan söylerdim. Ama yalanın bir insana yaptıklarını gördükten sonra, içimdeki bütün yalan tarlalarını bir gecede ateşe verdim.

Baktım kalbime dokunuyor, patlıcana da tövbe ettim. Ama hayat ne garip: Rakı masasında patlıcan görünce hâlâ gözüm doluyor.

Okeyi de bıraktım ondan sonra... Gideceksem de "eşli" oynamıyorum.

En acısı da ne biliyor musun, ondan beri artık soluma dönüp yatamıyorum!

*

Yıllar sonra bu hikâyeyi yazma sebebime gelince...
"Bu aşka bir şarkı tutmak lazım," derdi hep. Geçenlerde Ata Demirer'in albümünü aldım...
İlk şarkıda takıldım, bir aydır ikinciye geçemiyorum: Galiba bu aşkın şarkısını yıllar sonra buldum:

> *Yaşamak yalan belki, yalan delice sevmek....*
> *Gözlerin, ellerin o yeminler hep yalan...*
> *Yalan geceler boyu hep beni düşündüğün...*
> *Yalan papatyalar, şarkılar hep yalan...*
> *Acımasız ağlarını şimdi örüyor zaman...*
> *Sana inanmak kadar, seni sevmek de yalan!*[*]

---

[*] Söz yazarı Turhan Oğuzbaş.

ADINI DÖVME YAPTIRDIM YÂRİM!

Hatunun biri, şarkıcı sevgilisinin adını bacağına dövme yaptırıyor. Gel gör ki hanım kızımız şarkıcı sevgilisinden ayrılıp, jet hızıyla başka bir adamla evlenmeye karar verince, haliyle o dövme sıkıntı yaratıyor.

Travmayı düşünsenize...

Adın Mehmet, ama karının ayağında Ahmet yazıyor. Günün birinde çocuk yaptın diyelim, dönüp de "Baba Ahmet kim? Annem niye senin adını yazdırmadı da Ahmet'inkini yazdırdı?" diye sormaz mı?

Ne cevap vereceksin?

Adam doğal olarak bu kaygıyla, "Sildir o dövmeyi" diyor... Fakat kız sildirmiyor!

Neden mi?

Çünkü adamın kolunda da bir dövme var ve kaderin cilvesine bakın ki dövmede eski karısının adı yazıyor.

İkisi de dövmelerini sildirmemekte ısrar edince, olay

beklendiği üzere mahkemede noktalanıyor ve yıldırım nikâhıyla evlenen bu 'dövmeli çift' aynı hızla boşanıyor.

Ağustos ayının en matrak magazin haberiydi bu...

Bilmiyorum, hayatınızın herhangi bir döneminde, herhangi bir yerinize dövme yaptırmışlığınız var mı?

Benim yok...

Daha doğrusu henüz yok!

Aslına bakarsanız 'Dövme yüzünden boşanan çift' haberini okuyana kadar bayağı bir niyetliydim...

Küçük bir araştırmanın ardından, şahane bir Temel Reis figürü buldum ve yaptırmaya karar verdim. Karar verdim, ama bir türlü cesaret edemiyordum.

Neyse, üzerinden beş, on gün geçti...

Mevzudan haberdar bir arkadaş, "Yaptırdın mı o dövmeyi?" diye sordu.

"Yok, ama istiyorum," dedim.

"Ne zaman yaptıracaksın peki?" dedi.

"Çok isteyince..." dedim.

Çok istemek önemliydi çünkü... Her istediğini değil, ama çok istediğini mutlaka yapacaksın bu hayatta...

Velhasıl dövmem yoktu, ama niyetim vardı. Niyetimin ne kadar ciddi olduğunu göstermek için kendime sürekli

"Ben niye dövme yaptırmak istiyorum? Nereden çıktı şimdi bu dövme aşkı?" diye soruyordum.

Aslında maksadım dövme yaptırmak değildi... Ruhumla eşleşen, baktığımda sadece gözüme değil kalbime de bir şeyler "söyleyen" bir figürü taşımak istiyordum. Ne bileyim, dövmeme baktıkça bana "hatırla" desin istiyordum ya da "unut" desin... Fark etmez... Yeter ki vücudumu büyükşehir belediyesinin ilan panosu gibi hissettirmesin!

Öyle ya, dövme dediğinin bir karşılığı olacak ruhunda... Ve o karşılık seni sıkacaksa bir gün, hiç mıhlatmayacaksın vücuduna...

Acı ya da tatlı, fark etmez...

İlle seni mutlu etmesi de gerekmez...

Son mutsuzluğunu hatırlatıyorsa ve tövbe ettiriyorsa aynı sebepten tekrar mutsuz olmaya, baktıkça mutsuz eden bir dövme bile yaptırılabilir bence.

Hem sıkılmak ne ki?

Bir keresinde bilge bir adama, "Yalnız ve mutsuz yaşamamanın sırrı nedir?" diye sormuşlar.

"Yaşamayı bilmem, ama yalnız ve mutsuz bir insan olarak ölmenin sırrını verebilirim," demiş: "Her sıkıldığında, her sıkıldığından vazgeçmek!"

Son kararımdı: Bir gün sıkılsam bile vazgeçmeyeceğim kadar "değer verdiğim" bir dövmem olsun istiyordum...

İşte tam da o ara Beylerbeyi'nde bizim Suat'ın mekânda rakılanırken ortaokul arkadaşım Nebi'ye rastladım.

Nebi'nin çok acıklı bir aşk hikâyesi vardı. Oya diye bir kıza âşık olmuştu. Çok sevmişlerdi birbirlerini... İkisi de yirmili yaşlarındaydı... Ne hayatı ne de birbirlerini tanıyorlardı doğru dürüst, ama yaşamayı da birbirlerini de çok sevmişlerdi.

Nebi yakışıklı çocuktu. Benim bildiğim yedi, sekiz kez boynuzlamıştı Oya'yı... Kızcağızın hiçbirinden haberi yok sanıyordu.

Haklıydı, kızın haberi yoktu, ama her şeyi bilen ve gören başka biri vardı ki, onun adaletinden kaçmak imkânsızdı. Sonunda gün gelecek Nebi'ye de faturayı kesecekti.

Öyle de yaptı. Bizim Nebi'nin yediği haltlardan oluşan yekûnun tahsilatı çok kanlı oldu. Bu sefer boynuzlama sırası Oya'daydı. Hazindi, çünkü bu ilahi adaletin tecellisi Nebi'yi askerde yakalıyordu.

Askerlik her erkek için zor bir dönemdi, ama Nebi için Oya'dan yediği boynuzun etkisiyle her dakikası zulme dönüşen bir deneyim olmuştu.

Nebi askerde sigaraya başlamış, iki kez intiharı denemiş ve henüz yirmi iki yaşında saçlarının yarısını ağartmıştı... Fakat korkulan olmadı. Hayatın dişlileri her acı gibi bunu da öğütecekti. Nebi askerden döndü. Belki Oya'yı hiç unutmadı, ama bu acıyla yaşamayı öğrenmişti.

Yıllar sonra Nebi'yle karşılaşınca biraz da çekinerek o günleri konuştuk.

Kolunu sıyırdı, dövmesini gösterdi. "Oya" yazıyordu.

"Oha," dedim... "Manyak mısın olum sen? Kız hayatını s.kti, sen adını mı yazdırdın koluna?"

Güldü.

"Askerden döndüğüm gün yaptırdım bu dövmeyi hacı," dedi. "Baktım unutmaya çalışarak hayatım s.kiliyor. Baktım hiçbir türlü unutmak mümkün değil, o zaman 'Tek çare sonsuza dek hatırlamak,' dedim."

"Nası lan?"

Herifin yüzünde can sıkıcı bir gurur ve sesinde lüzumsuz bir özgüven vardı ve anlatmaya devam ediyordu:

"Düşündüm... Ben en çok bu kızı sevdim hayatta... En uzun onunla seviştim... En çok onunla uyudum... En çok ona sarıldım... En çok onunla ağladım... En çok onun için ağladım... İlk kez onu boynuzladım, ilk kez o beni boynuzladı... En çok ona yalan söyledim... En çok ona doğru söyledim... En çok onun canını yaktım... En çok o canımı yaktı..."

Sonra, durdu: "Düşünsene moruk; bir yerine bir isim yazıyorsun, o isme her baktığında bütün bunları hatırlatıyor sana... Her ihtiyaç duyduğunda açıp, göz attığın başucu kitabın gibi... Her baktığında yeniden alıyorsun o hiç unutmaman gereken hayat dersini," dedi.

Belli olmuştu...

Bu basbayağı bir Zeki Demirkubuz filmiydi ve başrolde Nebi vardı. Bana ise filmin en vurucu sahnesinde yardımcı erkek oyuncu rolü denk düşmüştü.

Ne diyeceğimi bilemiyordum, bir ara "İyi de onca acı? Ne bileyim, dövmeye baktıkça canın sıkılmıyor mu?" diye sordum.

"Kardeş..." dedi, "Ben Oya'yı değil ki, o hikâyeden aldığım dersi, öğrendiklerimi bedenime kazıttım. Bir daha hiç unutmayayım diye..."

"Sonradan takıldığın hatunlar arıza çıkarmadı mı, peki?"

"Böyle anlatınca çıkarmadılar, biliyor musun? Çünkü ben Oya'ya olan büyük aşkımdan değil, Oya'ya yaptıklarımı başkalarına yapmayayım, Oya'nın yaptıklarını başkaları bana yapmasın diye yaptırdım bu dövmeyi... Oya sadece bu filmin adı... Olayın onunla hiç alakası yok aslında... Ben onun sayesinde yalan söylemekten vazgeçtim mesela... Sevdiğim kızları

aldatmıyorum artık... Gecelik terlemeler için kirletmeyi bıraktım tenimi... Seviyorsam eğer, seviyor gibi yaşıyorum..."
İçimden, *Ne Oya'ymış be, kahpelik yapıp başrol kapar mı insan böyle şahane bir filmde?* diye geçirdim.
Oya napıyordu peki? Ne zaman görmüştü en son? Haberi var mıydı bu olanlardan?
Anlattı...
"Askerden döndüm, yıllar sonra Tophane'de bir nargilecide karşılaştık... Önce hiç konuşmadık. Sonra gidip yanına iki satır laf etmek geldi içimden... Gideyim mi, gitmeyeyim derken bir baktım kalktı masadan, gidiyor sandım. Ben de kalktım. Sonra fark ettim ki bana doğru geliyor. İki adım kala durdu önümde... Gözünü gözümden ayırmıyordu. Zart diye sırtını döndü. Ne yapıyor bu manyak karı yine, diye içimden geçirirken, üzerindeki beyaz askılı tişörtünün omzunu sıyırdı. Dövmesini gösterdi! Oya'nın sırtında el yazısıyla eşek boku kadar 'Nebi' yazıyordu!!!"
Otuz altı yıllık hayatımın en hisli "Hassiktir"ini o gün Nebi'ye çektim.
Tınlamadı ve devam etti anlatmaya:
"Oya'nın sırtında adımı görünce başladım ağlamaya... Ama nasıl bir ağlama... Sular seller gidiyor. Anırıyorum. Her şeyi unutmuştum o an: Beni aldattığını... Askerde ölümle dans

ettiğim günleri... Sadece ağlıyordum. Bir yandan ağlarken diğer yandan kolumu sıvazladım ve kızın yüzüne tuttum. Ama bir tuhaflık vardı! Kızın yüzündeki ifadede hiçbir değişiklik olmadı. Bir iki dakika kolumu yüzüne tuttum, hatta hafiften gözüne soktum bile denebilir. Kız en son dayanamayıp, 'Kolunu niye yüzüme tutuyorsun, gözlerime mi bakmak istemiyorsun?' deyince, fark ettim ki benim kafa öyle bi gitmiş ki yanlış kolu gösteriyormuşum. Bu sefer başladım gülmeye... 'Pardon yanlış kolu göstermişim,' dedim ve Oya yazan öteki kolumu gösterdim. Bu sefer Oya koptu. Yapıştık birbirimize, Tophane'nin ortasında anıra anıra ağladık."

"Eee sonra ne oldu?" dedim.

"Üç ay sonra evlendik, beş yıldır evliyiz. Bir kızımız oldu. Adını da Oya koyduk! Ellerinden öper," dedi.

*

Temel Reis kalsın...

Ben galiba yaptıracağım dövmeyi buldum.

Size de tavsiyem, ruhunuza kazınmamış bir şeyi vücudunuza çizdirmeyin!

FEODALLERİN KORKULU RÜYASI BEKİR AMCA

Mühim bir toplantının en alevli anında telefon ekranında "Amcam arıyor" yazısı belirdi.

Açamadım.

Üç saniye sonra yeniden aradı amcam.

Açtım.

"Amca bir toplantıdayım, ben seni arayayım mı?" dedim.

"Sıçmışım toplantına," dedi amcam. "Yarın Gürkan'a kız istemeye geliyoruz. Akşam yedide bizde ol. Sekizde kız tarafına gideceğiz."

Amcam o toplantıya kakasıyla izini bırakırken, Gürkan'ın evlilik haberiyle başlayan bu süreç, insanlık tarihine çok daha derin bir iz bırakacaktı.

*

Amcam memlekette kalan son aile büyüğüydü. Oğlu Gürkan ise onun yedi oğlu arasında insanüstü çabalara rağmen evlenememiş en büyük çocuğuydu.

Küçükken altı amcamdan olan otuz beş amca çocuğu arasında Top 10 listesi yapar, Gürkan Abi'yi de hep en tepeye yazardım. Dolayısıyla onun evlenmesi sadece ailemiz için değil, benim için de çok güzel bir haberdi.

Gürkan Abi'nin evlenecek olmasının ailemiz açısından ana gündem maddelerinden biri oluşunda, benim ona karşı beslediğim sevginin dışında bir anlamı vardı.

Gürkan Abi doğuştan strabismustu. Strabismusa halk arasında şaşılık deniyordu, ama bizim aile halkın ne dediğinden çok Gürkan Abi'nin duygularını önemsediğinden, ona "şaşı" diye hitap etmekten imtina ediyorduk. Zira çok çekmişti bu illetten.

Strabismusu saymazsak yakışıklı adamdı ve hepsinden önemlisi altın gibi bir kalbi vardı. Zor beğenirdi. Çabuk bağlanırdı. Aşk evliliğine inanırdı. İki kere âşık olmuştu. Karşılıksız aşklardaki bu ısrarı, onu evde kalma tehdidiyle karşı karşıya bırakmış, ama Gürkan Abi yılmamıştı.

Yıllar sonra yine komşu köyden bir kız görmüş ve sonunda evlenmeye karar vermişti.

*

Ertesi gün ilk uçakla memlekete gittim. Akşam saatinde amcamlara ancak vardım.

Kız isteme merasimi için saha ve zemin çok uygundu. Gerekli ekipman hazırlanmış, herkes sıfır kilometre kıyafetleri çekmişti.

Gürkan Abi hariç!

Salona girdiğimde, bizim amcaoğlu eşofmanlarıyla kız isteme timine son taktikleri veriyordu. Beni gördü, hasretle kucaklaştık.

Gürkan Abi'nin kıyafetindeki bu rahatlık beni şüphelendirmişti.

"Hayırdır, sen gelmiyor musun?" diye sordum.

Amcam endişeli bir ifadeyle, "Hadi geç kaldık, çıkalım ben sana yolda anlatırım," dedi.

"Nasıl ya?" derken, amcam arabada mevzuya girdi.

Bekârlık Gürkan Abi'nin canına tak etmişti. Anadolu'yu sömüren her zalim gibi Gürkan Abi de feodaliteye bel bağlamış ve korkunç bir plan yapmıştı. Dahası bütün aileyi de buna ikna etmişti.

Gürkan Abi'nin beğendiği kızın babası, yıllarca amcamın yanında çalışan Bekir Amca'ydı. Bekir üç kızı olan gariban bir adamdı.

Gürkan Abi, Bekir Amca'nın ortanca ve objektif bir değerlendirmeyle tek güzel kızı olan Neslihan'ı isterken, en büyük gücü amcamın feodaliteden gelen can sıkıcı gücüne güvenmişti.

Ama strabismus riskini göz önünde bulundurarak yine de işi şansa bırakmamış, kızı istemeye kendi yerine bir yaş küçük ve ailenin en yakışıklısı kardeşi Fırat'ın fotoğrafını göndermişti.

Hikâyenin tamamına Bekir Amcaların kapısında vakıf olan benim adıma ise geri dönmek için artık çok geçti. Feodalitenin ne alçak, ne büyük bir zulüm olduğuna bir kez daha tanıklık ediyorduk.

Damadın varlığı dışında klasik bir kız isteme merasiminde olması gereken tüm ritüeller eksiksiz yerine getirilirken, hiç kimse "Damat nerede?" diye sormuyordu.

Amcam bu büyük sahtekârlığa "Allah'ın emri, Peygamber efendimizin..." diye başlayarak gözümdeki yerini yerle yeksan ederken, daha cümlesini bitirmesiyle Bekir Amca'nın "Verdim gitti," demesi bir oluyor, salon alkışa boğuluyordu.

Amcam, "Hayır işinde acele etmek sevaptır," deyince, Bekir Amca, "siz nasıl uygun görüyorsanız," diyor ve düğün günü için bir aylık takvim belirleniyordu.

Kafamda "Fotoğraf ne olacak?" sorusu uçuşurken yengem, "Oğlum sözlüsüne fotoğrafını gönderdi," diyerek salonun en hâkim köşesine Fırat'ın resmini bıraktı.

Kalktık.

Dönüş yolunda türküler dinledik. Arada amcam arabayı durdurdu halay çektik. İnanması güçtü ama gerçekti, Gürkan Abi kardeşinin fotoğrafıyla damat olmuş gidiyor, bekârlığa veda ediyordu.

Ertesi gün İstanbul'a geri döndüm ben.

Bir hafta sonra amcamı aradım. "Nasıl durumlar?" diye sordum.

"Her şey yolunda çok şükür. Gürkan'la Bekir'i tanıştırdık. Hiçbir şey demedi. Oldu bu iş," dedi.

"Hayırlı olsun," dedim, kapattım.

*

Bir haziran sabahı Gürkan Abi'nin düğünü için yeniden uçağa bindim.

Bu sefer abim de vardı. Abim ve Gürkan Abi ilkokuldan sınıf arkadaşıydılar. Kutlamalara katıldığımızda Gürkan Abi'nin damat tıraşı bitmek üzereydi. Halay çektik. Gelini almaya gittik. Halay çektik. Kız tarafında gelinin annesi Meliha Teyze'nin sembolik gözyaşları dışında hiçbir üzüntü belirtisi yoktu. Halay çektik.

Düğün yerine geldik. Halay çektik.

Gürkan Abi'yi gerdeğe soktuk. Halay çektik.

Hatta düğün yerine halayla geri döndük.

Her şey yolunda giderken amcamla göz göze geldim. Telefonla konuşuyordu, ama suratı düşmüştü.

Abimle yanına gittik, "Hayırdı amca?" dedik.

"Bekir puştu," dedi. "Neslihan diye Gülender'i vermiş."

"Gülender?"

Abim cevap verdi: "Neslihan'ın ablası... Kepçe Gülender."

BIRAKINIZ İÇSİNLER, BIRAKINIZ KURTARSINLAR

Bir keresinde annemin zoruyla bizim hemşerilerin düzenlediği bir geceye katılmıştım. Sahnedeki dev ekranda benim eşek kadar fotoğrafım çıktıktan sonra, sahnedeki adam beni şöyle anons etmişti: "Veeee ilimizin yetiştirdiği önemli genç değerlerden biriiiii, Sayıııın Tolga Çandar!"

"Can Tolga, Candaş Volga, Çağdaş Tolga, Canberk Tolga..." derken Tolga Çandar da oluvermiştim.

*

Yine bir gün telefonum çaldı...

"İyi günler, Tolga Işık Candaş ile mi görüşüyorum?"

Adam adeta benim ismimden ortaya karışık bir meyve salatası hazırlamış, dahası bu salatayı bana elleriyle yedirmeye kalkmıştı.

Ama dert etmedim...

"Bir bakıma evet," dedim.

"Nasıl yani?" dedi.

"İsimler doğru da dağılım hatalı, ama dert değil," dedim.

"Size hangi isminizle hitap etmemi istersiniz?" dedi.

"Güvenliğim için görüşmemiz kayıt altına da alınıyor mu?" diye sordum.

Anlamadı.

"Önce bana hitap etmenizi istiyor muyum, onu sorsanız," dedim.

Onu da anlamadı.

Yalandan sorduğu soruların cevabını beklemeden girdi topa:

"Candaş Bey öncelikle kendimi tanıtmama izin verin. Ben filanca rakı markasının yöneticisi bilmem kim... Çok kısa vaktinizi alacağım..."

"Buyur!"

"Tolga Bey (konuşmaya Candaş diye başlamıştı), ben filanca rakı markasının Türkiye'deki yöneticisiyim. Bir rakı festivali düzenlemeyi düşünüyoruz. Sizi de davet etmek istiyoruz. Katılır mısınız?"

"Katılmam."

"Neden?"

"Rakı, festivalde içilecek bir şey değildir de ondan!"

"Anlamadım?"

*

Anlatayım...

*

Öncelikle rakı üzerine bir yazı yazmadan önce hukuken üzerime düşen sorumluluğa binaen, herkesin şunu bilmesini isterim ki, alkolün her türlüsü sağlığa zararlıdır. Alkol kötü bir alışkanlıktır. Alkol kötü bir alışkanlıktır, ama bütün kötülüklerin anası olduğu kesinlikle doğru değildir. Hatta evrendeki kötülükler listesinde ilk üçe bile giremez alkol...
Bütün kötülüklerin anası ne midir?
Yalandır bana sorarsanız.
Rakı içeni siroz eder, bilemedin öldürür. Yani zararı içenedir.
Oysa yalanın zararı söyleyenden çok söylenenedir. Söyleyeni öldürdüğüne rastlamadım, ama söyleneni süründürdüğüne defalarca tanıklık ettim şu hayatta...
Velhasıl bırakın bütün kötülüklerin anası olmayı, yalanla kıyaslandığında iyi bir alışkanlık bile sayılabilir rakı...

*

Dandanakan Meydan Muharebesi'nden çok daha fazla merak edildiği halde, neden hiçbir tarihçi "Rakı nasıl icat edilmiştir? Kim bulmuştur?" sorusuyla meşgul olmamıştır?

Bir kere şöyle düşünün, adamda nasıl bir dert varmış ki gitmiş rakıyı bulmuş!

Zaman makinesi yapacaklar bin yıldır...

Rakıdır o. Bir kadehe tutunarak, geçmişe de dönebilirsin geleceğe de gidebilirsin.

Yalan makinesidir aynı zamanda rakı... Ne kadar acı verirse versin yüzüne çarpar gerçeği...

Rakıyla yalan aynı bünyede durmaz: Mısır yedikten sonra su içmek gibidir!

İki kadeh rakı içtikten sonra her türlü yalana inanabilirsin, ama hiçbir türlü yalan söyleyemezsin: Yüzün kabul etmez, gözün kabul etmez, dilin kabul etmez...

*

Birlikte rakı içmek, karşılıklı güven esasına dayanan bir faaliyettir. O yüzden yeni tanıştığın biriyle içilmez...

Bir masada az rakı içmek genelde karşındakinden duyduğun şüpheden kaynaklanır.

Rakı keyif için içilmez, dertten içilir.

Unutmak için içilmez, hatırlamak için içilir.

*

Öyle yasak filan dinlemez...
Rakı içene yasak, rakıyı içtiği ana kadar söker!

*

Yaygın kanaatin aksine, bir oturuşta içtiğin rakı miktarıyla delikanlılık arasında hiçbir bağlantı yoktur.
Misal, ben üç kadehten fazla içince sarhoş olurum... O yüzden hep üç kadehten fazla beş kadehten az içerim. Çünkü ayık kalmak için değil, sarhoş olmak için içilir rakı.

*

Kadınları rakı içebilenler ve içemeyenler diye ayırmak, rakı içen kadına ekstra payeler biçmek, bir kısım erkeğin kadınları çok rakı içirip hain emellerine ulaşmak için kullandıkları bir tezgâhtır. Ucuz hovardalıktır.
Ve dikkat edin bu tip dallamalar genelde "mohito" içerler!

*

"En büyük mezesi muhabbettir," denir.
Değildir.

Rakı masasında muhabbetten daha esas olan, "keder"e saygıdır. Rakının en lezzetlisi, derdiyle boğuşan dostunun sadece kadehine vurmak için oturulmuş bir masada içilendir.

*

Rakı sosyal bir içki değildir. Rakıyla ne gider bilmem, ama gürültü gitmez. O yüzden en güzel rakı muhabbeti hiç konuşmadan, susarak yapılandır.

*

He, bir de şu meşhur rakı masasında memleket kurtarma meselesi var...

Bir siyasi parti lideri geçen, "Partiyi rakı sofralarında memleket kurtaranlardan temizleme," yemini etti.

Oysa bilmiyorlar ki rakı masasında sarhoş sıfatıyla memleket kurtarmak, mecliste milletvekili sıfatıyla memleketi batırmaktan daha masum ve zararsız bir eylemdir.

O yüzden...

Bırakınız içsinler, bırakınız kurtarsınlar.

"KALBİM KALDIRMIYOR ARTIK"

Evvelsi gün meslekteki pusulalarımdan Erdoğan Abi, "Gazeteciliğin cenaze namazı kılınıyor," dedi.

Düşündüm on yıl önceymiş. Ankara'da hükümet yeni kurulmuştu. Ben de hükümetin en merak edilen, en havalı bakanından röportaj için randevu almış, Ankara yoluna düşmüştüm.

Patron, Ankara'daki röportajlar için masraf olmasın diye yanıma foto muhabiri vermiyordu. Röportaja gittiğimde, o gün Ankara ofiste hangi foto muhabiri boşsa o geliyordu.

Şansıma o gün Ankara ofiste hiçbir foto muhabiri bulunamayınca, *Radikal*'in emektar muhabiri, gececisi Behzat Abi'yi gönderdiler.

Bakanın odasının önünde buluştuk, tanıştık.

"Röportaj için randevuyu nasıl aldın?" diye sordu Behzat Abi.

Aslında "Sen ne ayaksın?" diye sormuştu.

Anlattım.

Hikâyede sıra dışı bir taraf görmeyince, başka yerden sordu: "Biyoloji okumuşsun... Bu gazeteye nasıl girdin?"

Onu da anlattım.

Orada da şüphe uyandıracak bir bulguya rastlamayınca, "Aferin lan," dedi.

"Küfür işçinin ağzında çiçek, burjuvazinin ağzında bok çukurudur," der ya Can Yücel... O misal bir çiçekti o "lan" benim için.

Bazıları kızar, bozulur ama "lan" önemli bir samimiyet göstergesidir benim için. Behzat Abi ile dostluğumuzun başlangıcı o "lan" olmuştu.

Bakan beyin gelmesi uzun sürünce muhabbete başladık Behzat Abi'yle. Gazetecilikten, Ankara'dan konuştu. O anlattı, ben dinledim.

O ara, "Bakan bey geliyor," dediler.

Bütün bina ayağa kalktı. Çaycıdan çorbacıya herkes kapıya bakanı karşılamaya indi.

"N'oluyor lan?" derken; özel kalem müdürü "Bakan bey bu tip şeylere çok önem verir," diyerek kolumuzdan tuttuğu gibi bizi de karşılama komitesine dahil etti.

Behzat Abi yılların tecrübesiyle, bir tuvalet bahanesi yaratıp kaçıp kurtardı kendini.

Ben kaldım.

"Ulan bu adam her sabah bu binaya gelmiyor mu? Her sabah böyle karşılama mı oluyor," diye mırıldanırken; "Evet, her sabah bu zulüm var..." dedi, yanımda kim olduğunu bilmediğim bir kadın.

Neyse, uzaktan bakan beyin konvoyu göründü. Ama ne konvoy. Onlarca araba...

Korumalar, makam aracı tamam da, diğerleri kim?

Yanımdaki abla cevap verdi yine: "Yancılar... Bakan danışmanları... İş bitiriciler... Müteahhitler... Kıyakçı akrabalar..."

Derken bakanın arabası geldi, içinden bütün heybetiyle bakan indi. Ben nedenini hâlâ anlayamadığım bir şekilde ilk defa geldiğim bir yerde, oraya her gün gelen bir adama, "Hoş geldiniz," dedim.

İşin daha da absürt tarafı, o da, "Hoş bulduk," dedi.

Bakan sadece kendisinin kullanımına tahsis edilen makam asansörüne bindi.

Odasına girmeden önce sadece kendisinin kullanımına tahsis edilen bakan tuvaletine girdi.

Ben bütün bu olanları hayretler içinde seyrederken Behzat Abi belirdi yanımda. Yüzümdeki ifadeden şaşkınlığımı anlamıştı.

"Kusura bakma," dedi ve ekledi: "Kalbim sıkışıyor artık bu ülkede gazetecilik yaparken... Kaçıyorum..."

Sonra kulağıma eğilip bir şey söyledi. Duydum, ama kendimi bakan beyin şovuna öylesine kaptırmıştım ki önemsemedim.

O esnada özel kalem müdürü girdi ve "Buyurun bakan bey sizi bekliyor," dedi.

Girdik, röportajı yaptık.

Röportaj bitti. Ben havaalanına doğru yola çıkarken, Behzat Abi de ofise döndü.

Röportaj yayınlandı. Çok da ses getirdi.

Behzat Abi'yi aradım, hem teşekkür etmek için.

Daha bismillah telefonunu açar açmaz, "Siktir et merasimi, sana söylediğimi unutma sakın," dedi.

"Ya bırak abi," diyerek güldük, kapattık.

*

Aradan yıllar geçti... Yeni bir hükümet kuruldu. Bizim bakan da sürpriz bir şekilde kabine dışı kalmıştı.

Tam zamanı diyerek aradım. Televizyon programıma davet ettim. Kabul etti.

Ankara'daki son görüşmemizin tesiriyle programın başlamasına bir saat kala bütün ekibi kapıya yığdım.

Uzaktan bir araba belirdi.

"Geliyor," dedi bizim kameramanlardan Orhan.

"Yok o değil," dedim, geçmiş tecrübelerimden aldığım yetkiyle. "O böyle gürültüsüz gelmez," dedim.

Orhan, "O, abi, araba da bizim kanalın arabası, biz gönderdik," derken içinden bizim bakan indi.

Ne şoför, ne koruma, ne danışmanlar, ne akrabalar ne de yancılar... Kanalın gönderdiği araba, kanalın arabasında çalışan kanalın şoförü ve bakan.

O an Behzat Abi'nin yıllar önce kulağıma söylediği söz çınladı kulaklarımda:

"Siyasette koltuğuna, makamına güvenip yaşarsan, gün gelir adamın kıçına teneke bağlarlar."

Program bitip bakanı uğurlar uğurlamaz telefona sarıldım, Behzat Abi'yi aradım.

Açmadı.

Ertesi sabah tekrar aradım, telefonu kapalıydı.

Akşam bir daha aradım, yine kapalıydı.

Gazeteyi bitirip eve geldim, tam üstümü başımı çıkarırken Elif aradı.

Telefonda ağlayarak, "Behzat dün ölmüş," dedi.

Behzat Miser, öldüğünde kırk üç yaşındaydı.

Ölüm raporunda, ani kalp krizi yazıyordu!

DEVAMSIZLIK SENDROMU

Eğitimde başarının sırrı; dersi derste dinlemek olsaydı, ben şu an muhtemelen ilkokul ikiden terk bir kardeşinizdim. İlkokulda sürekli karnım ağrırdı benim... Sonradan öğrendik ki "psikolojikmiş"; çünkü ortaokulda da ağrıdı... Ta ki lise 1'de bünyeye delikanlılık girip de karın ağrısına "Birimiz burada fazlayız," diyene kadar karnım ağrıdı benim.

*

İlk kez bir psikolog kızdan duymuştum, "Sende devamsızlık sendromu var," demişti. Hayatta devam zorunluluğu olan her yerden ve her vaziyetten kaçmak için bahane arıyormuşum...

Kız haklıydı. Evvela kendinden biliyordu çünkü.

Psikoloğa niye gidersin arkadaş? Derdine derman bulmak için değil mi? Ben de tam olarak o yüzden gitmiştim.

Birinci seans derdimi anlattım: 400 TL. İkinci seans derdimi anlattım: 400 TL. Üçüncü, dördüncü, beşinci seans hep ben anlattım... Sonunda canıma tak etti:

"Yahu hep ben mi anlatacağım, arada siz de bir kelam etseniz? Bu doğru, bu yanlış, şöyle yapsan daha iyi deseniz?"

"Biz karışmayız, sizin hayatınız. Kararları siz vereceksiniz!"

"İyi de benim derdimi dinleyecek adama ihtiyacım yok ki... Bizim çocuklardan kimi arasam, yarım saat içinde otururuz rakı masasına, bir kuruş vermeden sabaha kadar anlatırım. Üstüne içtiğimiz rakı, söylediğimiz türkü de yanımıza kâr kalır."

Öyle de oldu. Psikologla altı seansta (2.400 TL) alamadığımız mesafeyi, en yakın arkadaşım Gökhan'la bizim Suat'ın balıkçıda bir gecede aldık. Ve o gün anladım ki en iyi psikolog dostunmuş kardeşim.

(Bu arada psikologlar kızmasın, ama ben psikoloğa gidip de boşanmadan dönen çift görmedim daha...)

*

Ama psikolog kız haklıydı, ben de ciddi bir "devamlılık" sorunu vardı.

İlkokulda Anadolu Lisesi hazırlık kursuna yazdırdılar.

İki kere gittim, bıraktım. Kendim gitmediğim gibi arkadaşlarımı da ayartınca, dershanede "istenmeyen adam" ilan edildim. Beni "istenmeyen adam" ilan eden o yavşak dershane sahibinin, Robert Koleji kazandığım günkü yüzünü hiç unutmuyorum! Göt oğlanı, sanki bütün yıl beni anneme babama gammazlayan, "Bu çocuktan adam olmaz," şekilleri yapan kendi değilmiş gibi, aldı fotoğrafımı astı Kadıköy'deki dershane binasına...

Sonra ortaokulda karate kursuna yazıldım. İki hafta hiç aksatmadım... Sonra İstanbul'a dünya karate şampiyonu geldi... Gelmez olaydı! Lavuk, Galata Köprüsü'nde balıkçılardan birinin istavrit dolu kovasını dökünce kafasında olta kırdılar. O sahneyi görünce karate kursunu da bıraktım.

Lise son sınıfta üniversite hazırlık kursuna yazıldım. Biz Kartal'da oturuyorduk. Annem beni Kadıköy'de de şubesi olduğu halde, dershanenin Beşiktaş şubesine yazdırdı. Babam, "Yahu hanım, bu çocuk yolda telef olur," dediyse de dinletemedi. "Oranın hocaları çok iyi," dedi, kesti attı.

Aslında annem haklıydı. Hocalar da, dershane de çok iyiydi. Ama gel gör ki o sene Beşiktaş daha iyiydi ve dershane binası ile İnönü Stadı'nın arası sadece beş dakikaydı. Haliyle o yıl üniversiteyi kazanamadım! Sağlık olsun, ben kaybetmiştim, ama Beşiktaş kazanmıştı: O yıl şampiyon olmuştuk.

Ertesi yıl bir daha dershaneye yazıldım... Bu sefer annem insafa gelmişti. Kadıköy'de bir dershane bulmuştu. Hayatımda en uzun süre devamlılık gösterdiğim eğitim kurumu orası oldu. Dershaneyi filan çok sevdiğimden değil, Aylin'e âşık olduğumdan...

Bir insan evladı sırf bir kızla bakışmak için dershaneye gider mi? Ben gittim. Garip geliyor tabii birçoğunuza... Ben otuz altı yaşındayım ve bizim lise yıllarımızda okul tuvaletlerinden cenin çıkmıyordu! Bizim kuşağın en temel faaliyeti bakışmaktı. Ve öyle güzel bakıyordu ki Aylin, sırf onunla teneffüs arasında o çatı katındaki kantinde bakışabilmek için dershaneye bile gidilirdi.

Aylin'le ha bugün ha yarın derken dört ay sürdü tanışmamız. "Merhaba," dedin, ertesi gün "Hadi sevgili olalım," da diyemiyorsun...

Ben kıza çıkma teklif edene kadar dershane bitti. Sınav günü geldi. He, diyeceksin ki teklif ettin de ne oldu? Dört ay bakışma, dört ay tanışma, toplamda sekiz ayın sonunda aldığım cevap, "Ben seni yeteri kadar tanımıyorum," oldu. Belli ki sekiz aya iki evlilik, iki flört sığdırabilenlerden değildi.

İnanın bana Aylin'de bir kıvılcım oluşturamadım, ama ona baktığım süre ve konsantrasyonla bir oduna baksaydım, ateşe verirdim. Kısmet değilmiş, ama hakkını yemeyeyim, Aylin sayesinde dershaneyi bir tek gün bile sektirmeyince üniversiteyi kazandım...

*

Fotokopinin üniversite öğrencisi tarafından keşfiyle birlikte üniversiteye katılımım da sembolik düzeye indi. Üniversite devam ederken, "İngilizcen çok iyi olmazsa kesin işsiz kalırsın," diye bir laf dolaşmaya başladı. Hurra herkes İngilizce kurslarına saldırdı. Biz durur muyuz? İki yıl İngilizce kursuna kayıtlı kaldım. Toplamda derse girdiğim günleri toplasan bir hafta etmez, ama İngiliz hocalarla halı saha maçları, partiler, eğlence derken, dersi derste öğrenmedik belki, ama bu ortamda mecburiyetten bülbül gibi şakımaya başladık İngilizceyi ve maksat hasıl oldu.

*

İlişkilerimde de farklı değildi durum... Belirli aralıklarla yapılmak zorunda olunan romantik akşam yemeklerinde, lafın lafı açması gereken sessizliğin, "Benden sıkıldın mı?" demek olduğu tatillerde, dostlar birlikte görsün diye katlanılan davetlerde, sanki yoklamaya tabiymişçesine gidilmek zorunda olunan sinemalarda, tiyatrolarda, konserlerde, "Ayıp olur," diye her bayram yapılmak zorunda olunan ve hiç kimsenin sevmediği dedikoducu akraba ziyaretlerinde hep devamsızlıktan kaldım ben...

*

Mutluluğa gelince... Büyük mutluluklar, büyük hüzünler... Büyük kavuşmalar, büyük ayrılıklar... Büyük umutlar, büyük hayal kırıklıkları... Hep oldu. Ama şunu gördüm ki: Kim olursan ol ya da kiminle olursan ol, bir insanı bedbaht eden devamsızlık değil, istikrarsızlıktır! Ve inan bana; istikrarsız bir katılımcıyla kıyaslıyorsan eğer, istikrarlı bir devamsız, bin kat daha iyi insandır.

ASKER ARKADAŞIM PORTAKAL AĞACI

Ahmet uzun yıllar dağda kaldıktan sonra, çözüm sürecinin de etkisiyle geri dönen Şırnaklı gençlerden biriydi. Dört yıl da dağda kalmıştı... Yirmi iki yaşındaydı. İlkokul mezunuydu... Dışarıdan ortaokulu, liseyi bitirip sonra da üniversite okumayı hayal ediyordu.

Ahmet, dağdan sonra kendisine akademik kariyer planlıyordu, ama yaşadığı ülkenin gerçekleriyle onun hayalleri örtüşmeyecekti.

Ahmet'in ülkesinde devlet bir erkeğin askerliğini yapmadan hayallerini gerçekleştirmesine izin vermiyordu. Hele bir de nüfus cüzdanında Şırnak yazıyorsa ve dağdan inmişse, devlet baba ceberut gibi dikiliyordu başına...

Herkes için rutin bir uygulama olan trafik kontrolleri bile Ahmet için kâbusa dönüyordu. 500 promil alkol alan adam çekmiyordu onun çektiğini... Saatlerce bekletiliyor, çoğu zaman karakola götürülüyor, bir yerlerden "Bundan zarar gelmez bırakın," talimatı gelene kadar polise "misafir" oluyordu.

Ahmet Şırnaklı eski bir gerilla, kariyerine bir de asker kaçağı deneyimi eklemek istemedi. Aslında askerlik teoride mecburiyetti, ama pratikte kaçmak mümkündü... Nasıl olsa bir gün bedelli ona da vurabilirdi.

Ama Ahmet de haklıydı, "Bedelli çıksa ne olacaktı ki?" Ne o bedeli ödeyecek para ne de kredi çekse kefil olacak iş sahibi kimsesi vardı. Ayrıca kaçmaktan çok yorulmuştu. Ömrünün en güzel çağlarını dağda saklanarak, kaçarak geçirmişti ve bırak devleti, artık sinekten bile kaçmak ağırına gidiyordu.

*

"Peki," dedi... Askerlik şubesine gitti. Kararı çıktı. Acemi birliği için Çanakkale'nin yolunu tuttu. Birliğine katıldı.

Kapatmıştı eski defterleri. O kapatmıştı, ama maalesef defteri açık olanlar vardı... Ahmet birliğine gitmeden onun bilgisi geldi bölük komutanına.

Üsteğmen Şevket, uzun yıllar Cudi'de örgüte karşı savaşan dağ komando birliklerinde görev yapmış, birçok arkadaşı şehit olmuştu.

Memurdu, harcadığı gençliğini, kaybettiği dostlarını ve ne uğruna olduğunu bilmediği bir savaşta yitirdiği onca şeyin hesabını devlete soramamıştı. Ama Ahmet'e sorabilirdi ve o da öyle yapacaktı.

Birliğe katıldığı ilk gün Ahmet'i yanına çağırdı. "Senin gibileri iyi bilirim," diye başladı konuşmaya.

Ahmet anlamamıştı.

"Bizim oradan mısınız komutanım?" diye sordu.

Ağız dolusu hakaret savurunca Üsteğmen Şevket, anladı... Yine iki ateş arasında kalacaktı.

İlk gün her askere silah verilir, üzerine zimmetlenirdi. Şevket Üsteğmen'in ilk icraatıysa Ahmet'e verilen silahı almak oldu.

"Ben zaten silah tutmaktan, silahtan nefret etmiştim. O yüzden silahımı almalarına üzülmedim. Ama zoruma gitmedi dersem yalan olur. Çünkü silahımı almaları çok saçmaydı. O kadar yıl dağda silahla uyumuş biri olarak, silahla birine zarar verecek olsam bir yolunu bulurdum herhalde..."

Sonrasında herkes altıda kalkarken, Ahmet'e beşte kalkma mecburiyeti getirildi. Herkes bir saatte yemek yerken Ahmet yirmi dakikada yemek zorundaydı.

Ahmet'in canına tak etti. Şırnak'ı aradı... Birçok akrabası askere gitmesine zaten tepki gösteriyordu. Şimdi bir de askerde başına gelenleri nasıl anlatacaktı?

Çok dillendirmeden babasına açtı mevzuyu. Babası olayı Ankara'ya taşıdı. Ertesi gün bir haftalık acemi asker Ahmet'in tayini çıktı.

"Nereye gidiyorum?" diye sordu yolda inzibata.

"Cezaevine," dediler.

Cezaevi mi? Ne suç işlemişti ki? Niye cezaevine götürülüyordu?

"Suçlu olarak değil," dedi inzibat başçavuş. "Komutanlar düşünmüş, en rahat orada askerlik yaparsın diye oraya gitmeni uygun görmüşler."

Yıllarca, daha doğrusu yıllardır gerillaya, "Dağdan inin," diye çağrı yapan devletin, dağdan inmekle kalmayıp bir de askere giden Ahmet'e şu yaptığı inanılacak gibi değildi.

"Cezaevine geldim. Oradaki bölük komutanı tembihlenmişti. Bana dokunmayacaktı. Ama her halinden benden hoşlanmadığı belliydi. Yüzüme bile bakmıyordu. Yanıma iki tane uzman çavuş verdiler. Onlar nereye, ben oraya. Tuvalete gidiyorum, kapıda bekliyor biri... İki dakikadan uzun sürünce işim, kapıyı çalıyor. Ses vermemi istiyordu. Özetle cezaevinde yatan hükümlüler benden daha rahat hareket ediyordu."

Çaresiz yeniden babasını aradı Ahmet... Babası da tekrar Ankara'yı. Ertesi gün yine yola çıktı Ahmet. Çanakkale'den İzmir'e getirdiler. Birliğin kapısında bir binbaşı karşıladı Ahmet'i; "Nasılsın oğlum?" dedi.

Ahmet kulaklarına inanamıyordu. Bir yandan da içinden, *Bunun içinden de bir iş çıkmasın,* diye geçiyor, temkinli davranıyordu.

"Başına gelenleri duydum, sen burada askere karşı iyi olursan herkes de sana iyi olur," dedi binbaşı.

Ahmet dayanamadı artık: "Size karşı başka bir düşüncem olsa dağdan inmezdim. İndim diyelim, askere gelmezdim," dedi.

Binbaşı sustu, "Haklısın," dedi. "Başına gelenleri öğrendim... Burada böyle bir sorunun olmayacak, hoş geldin."

On iki ay süren askerliğinin on bir ayını İzmir'deki birliğinde geçirdi Ahmet... Hiç silahı olmadı. Hiç asker arkadaşı olmadı.

"Askerler öğrenmişti dağdan geldiğimi. Bir kısmı benimle tepkiden konuşmuyordu. Bir kısmıysa korkudan... Oysa o kadar çok isterdim ki, bir asker arkadaşım olsun. Köye döndüm annem, kardeşlerim askerlik fotoğrafı soruyor. Asker fotoğrafı silahla çekilir, bende yoktu. Tertiplerle çekilir, o da yok... İnsanın zoruna gidiyor."

Ahmet, vatani görevini on bir ay portakal ağaçlarından sorumlu er olarak, portakal ağaçları dışında hiç kimseyle konuşmadan tamamladı. On iki ayın sonunda kötü anıların dışında anlatacağı hiçbir şey ve portakal ağaçlarından başka hiçbir asker arkadaşı olmadan döndü evine...

*

Ahmet devlete güvendi, hatta öylesine güvendi ki canını emanet edecek kadar... Gel gör ki devlet Ahmet'e bir türlü güvenemedi! Oysa devlete öfkesinden dağa çıkıp, yeniden devlete güvenip dağdan inmek için bekleyen binlerce Ahmet var bugün dağlarda... Yeni bir hayat için işe, aşa elbette ihtiyaçları var... Ama onları gerçekten geri getirmek istiyorsak eğer, hepsinden önce vermemiz gereken şeyin adı belli: Güven...

2017'den ne mi istiyorum? Bunu... Devlet dairelerinin duvarlarına, meclise klişeler yerine "Ahmetlere güvenin" yazılan bir ülke olmak.

"ÖMRÜM SENİ SEVMEKLE NİHAYET BULACAKTIR"

Hukuk fakültesinin en güzel kızı Hayriye'nin doğum günü şerefine arkadaşları Safa Meyhanesi'nde küçük çaplı bir kutlama tertip ettiler.

Hayriye'nin yakın arkadaşlarından biri olan Talat her bir ayrıntıyı düşünmüştü: Doğum gününe kimler katılacak? Hangi rakı içilecek? Rakıyla ne yenecek? Pastanın üzerine ne yazılacak?

Talat, Malkaralı zengin bir ailenin oğluydu. İstanbul'da, üniversitenin yakınındaki Süleymaniye semtinde ailesine ait bir evde yaşıyordu. Babası, oğulları yorulmasın, enerjisini derslere versin gayesiyle bu evi almış, dayayıp döşeyerek biricik oğluna tahsis etmişti.

Koca evde ilk iki yıl Talat tek başına yaşamıştı. Ama üniversite olayları hortlayınca, babası Sefa Bey Malkara'daki iş ortağının oğlu Cemal'i de Talat'ın yanına yerleştirmişti.

Cemal, aynı üniversitenin tıp fakültesinde okuyordu.

Talat ve Cemal kısa sürede kaynaşmış, İstanbul'da birbirlerine yoldaş olmuşlardı.

*

Talat o gün Hayriye'nin doğum günü için okuldan erken çıkıp eve gelmişti. Hazırlandı. Babasının son Avrupa seyahatinden getirdiği kokulardan sıkıp evden çıkmak üzereyken, "Bizimkinin hiç sesi çıkmıyor," diyerek Cemal'in odasının kapısını tıklattı.

Cemal iki gün sonraki zorlu anatomi sınavına çalışıyordu.

"Yeter be oğlum, ne çalıştın yahu. Çık, biraz hava al," dedi Talat.

Cemal güldü. "Yok birader daha yarısındayım..." diye cevap verdi.

"Başlatma ulan anatomine hadi kalk, bizim Hayriye'nin doğum günü... Ben tertipledim. Safa'ya gidiyoruz. Gel, iki kadeh rakı atarsın, zihnin açılır. Baktın sıkıldın, dönersin," dedi.

"Peki," dedi Cemal.

Meyhaneye vardıklarında henüz hiç kimse gelmemişti.

Talat eksikleri kontrol etti. O sırada yavaş yavaş davetliler gelmeye başladı.

En son Hayriye ve yurtta birlikte kaldığı üç kız arkadaşı da geldi.

Yurt müdürü sorun çıkarmıştı. Üç kız en geç gece onda kapıdan girmiş olacaklarına söz verip ancak çıkabilmişlerdi. Herkesle selamlaştı Hayriye, tek tek özür diledi geç kaldığı için...

Sıra Cemal'e geldiğinde temkinli bir tavırla, "Hoş geldiniz," dedi.

"Doğum gününüz kutlu olsun," dedi Cemal ve kendini takdim etti: "Talat'ın ev arkadaşıyım ben, Cemal. O ısrar edince..."

"Affedersiniz tanıyamadım. Siz de hoş geldiniz," dedi Hayriye.

*

Safa Meyhanesi'nde muhabbet kıvamındaydı.

Talat elleriyle hazırlattığı, üzerinde 18 mum bulunan doğum günü pastasını getirdi. Alkışlar, tebrikler, hediyeler derken Cemal, Talat'ın kulağına eğilip, "Birader çok müşkül duruma düştüm. Ben hediye almadım," dedi.

Talat kahkahayı bastı. "Hediye mi vermek istiyorsun? Kolay..." dedi.

Elindeki rakı bardağına diğer elindeki çatalla vurarak,

masadaki kalabalığa "Kıymetli arkadaşlar" diye seslendi: "Cemal kardeşim Hayriye'ye doğum günü hediyesi olarak bir şarkı söylemek istiyor. Tabii Hayriye'nin müsaadesi olursa..."

Kıpkırmızı oldu Cemal. Tıp fakültesinde arta kalan zamanlarda Eminönü'ndeki musiki cemiyetine gidiyordu. Talat ve Cemal evde sık sık fasıl yaparlar, Cemal söyler Talat içerdi. Ama yeri miydi şimdi bunun!

"Ne şarkısı ulan! Nereden çıkardın şimdi bunu!" diye söylendi Talat'a.

Damarlarındaki rakı miktarı kan miktarını çoktan geçmiş Talat'ın keyfine diyecek yoktu.

Durumu anlayan Hayriye, "Çok mutlu edersiniz beni lakin içinizden gelmiyorsa boş verin..." dedi.

"Olur mu öyle şey? Elbette söylerim," dedi Cemal.

"Madem öyle... Sevdiğiniz bir eser ya da sanatçı var mı?"

"Aklınıza ilk gelen şarkı olsun," dedi Hayriye.

Cemal rakısından bir yudum aldı ve hiç düşünmeden aklına ilk gelen şarkıyı söylemeye başladı:

"Ömrüm seni sevmekle nihayet bulacaktır
Yalnız senin aşkın ile ruhum solacaktır
Son darbe-i kalbim yine ismin olacaktır
Yalnız senin aşkın ile ruhum solacaktır..."

Cemal kadife sesiyle şarkıyı söylerken Safa Meyhanesi'nde servis durmuştu, tüm masalar hayran gözlerle genç adamı dinliyordu. Şarkı bittiğinde aşçıbaşı dahil herkes alkışlıyordu.

Hayriye'nin gözleri dolmuştu. Cemal, teşekkür edip yerine geçerken Hayriye yanına geldi. "Bugüne kadar aldığım en güzel yaş günü hediyesiydi... Çok mesut ettiniz beni," dedi.

"İnşallah bir hadsizlik etmedim," diye cevap verdi Cemal.

"Aksine çok mutlu ettiniz," dedi ve sordu: "Kimin şarkısı bu? Daha önce hiç duymadım?"

"Bestesi Yesâri Asım Arsoy, güftesi Fitnat Sağlık'a ait hüzzam bir eser... Ben de çok severim. Siz aklına ilk geleni söyle deyince, ben de söyleyiverdim," dedi Cemal.

Hayriye o gece bir daha Cemal'in yanından hiç kalkmadı. İki genç gözlerini gözlerinden ayırmadan saatlerce konuştular.

Masadaki herkesin şehadetinde büyük bir aşk başlamıştı o gece.

*

Zamanla eksilmek bir yana daha da büyüyen bir sevdaydı Cemal ve Hayriye'nin aşkı... Hayriye, fakültenin son sınıfına geldiğinde Cemal evlenme teklif etti. Hiç düşünmeden kabul etti Hayriye.

Genç adam ilk otobüsle Malkara'ya gidip ailesine anlattı bu kararını.

Malkara'nın en zengin ailelerinden birinin tek oğlu olan Cemal, hayatının ilk ve en büyük darbesini o gün alacaktı. Çünkü babası Kudret Bey tek vârisi ve çok yakında hekim çıkacak oğlu Cemal için bambaşka bir gelecek planlamıştı.

"Bir memur kızıyla evlen diye çalışmadım ben bunca yıl... Bahsettiğin kız ailemize yakışan bir gelin değil," diyerek reddetti bu evliliği.

Cemal önce isyan etti. Aylarca konuşmadı ailesiyle. Vazgeçmelerini bekledi. Ama nafileydi.

Cemal belki düzelir, razı gelirler umuduyla bu durumu Hayriye'ye anlatma işini hep ertelemişti. Ancak artık yapacak bir şey yoktu.

Hayriye gözyaşları içinde dinledi Cemal'i. Genç adamın sözlerini bitirmesiyle birlikte o ölümcül soruyu sordu: "Ne yapacağız peki?"

"Bilmiyorum, ama onların rızası olmadan bir yuva kuramam," dedi Cemal.

"Haklısın..." dedi Hayriye ve titreyen bir sesle devam etti: "O halde bir an önce ayrılmak en doğrusu..."

O gece son görüşmeleri oldu.

*

Kâbus gibi bir yıl geçirdi ikisi de.

Cemal, babasından intikamını tıp fakültesini son sınıfta bırakarak aldı. Malkara'ya döndü. Babasının yanında çalışmaya başladı. Hayattan ve geleceğinden hiçbir beklentisi kalmamıştı artık.

Hayriye'nin ruhu da harabeye dönmüştü. Her gece ağlamaktan bitap düşmüştü genç kadın.

Ortak arkadaşlar vasıtasıyla birbirlerinin haberini alıyor, ama hiç temas etmiyorlardı.

Babası Cemal'i, tam da planladığı gibi "ailelerine layık" Malkaralı bir kömür tüccarının kızıyla evlendirdi.

Karısı Handan Hanım, Cemal'i çok sevdi. Bir eksiklik olduğunu fark ediyor, fakat hiç sormuyor ve koşulsuz sevgisiyle kocasına adıyordu kendisini. Bir oğulları oldu. Oğlunun doğumundan iki yıl sonra Cemal'in babası vefat etti. Babasının vefatıyla aile şirketinin işleri de kötüye gitmeye başladı. Nitekim babadan kalma şirket çok geçmeden iflas etti. Allah'tan Handan Hanım'ın ailesi varlıklıydı. Ortada bir de çocuk olunca sahip çıktılar kızlarının ailesine.

Hayriye'ye gelince...

Cemal'in evlendiği gece Hayriye'nin hayatının en kötü gecesiydi. "Madem o yaptı, ben de yaparım," diyerek onlarca talibinden biriyle yuva kurma kararı aldı. Fakat Cemal kadar dayanamadı. Beş yılın sonunda boşandı. Bir daha da evlenmedi.

*

Otuz yıl geçti üzerinden...
Hayriye Hanım altmışına, Cemal ise yetmişine gelmişti. Cemal, Malkara'da eşi Handan Hanım ve tek oğlu Sedat'la yaşıyordu.

Hayriye ise beş yıl önce emekli olmuş, İstanbul'da bir evde tek başına kalıyordu. Tek eğlencesi akşamları bilgisayarını açıp internetten eski dostlarıyla, fakülteden arkadaşlarıyla sohbet etmekti. Hayriye, yine böyle bir akşam Facebook'ta gezinirken Cemal'in oğlu Sedat'a denk geldi.

Otuz yıl boyunca hiç kimseye Cemal'i sormamış, yanında konuşulmasına bile izin vermemişti. Bunca yıl sonra kimselere sormayı da yediremiyordu. Ama oğluna sorsam kim bilecek ki diye düşündü. Ve şöyle yazdı:

"Kıymetli evladım merhaba, ben babanız Cemal Çankaya'nın üniversiteden arkadaşı Hayriye Gültekin. Size burada rastlayınca selam vermek istedim. Nasılsınız? Babanızın sağlığı nasıl? Yıllar oldu kendisiyle görüşmeyeli. Selamlarımı iletin lütfen..."

Hemen cevap geldi Sedat'tan: "Merhabalar Hayriye Teyze. Çok teşekkür ederim, iyiyim. Babam sizden hiç bahsetmedi, ama hemen ileteceğim selamınızı. İsterseniz telefonunu göndereyim size," dedi ve Cemal'in numarasını yazdı.

Ertesi sabahı zor etti Hayriye. "Arasam mı aramasam mı?" derken çevirdi numarayı.

Sadece bir kez çaldı telefon. Heyecanlı bir sesle, "Alo?" dedi Cemal.

O ses ömrünün hırsızıydı ve yıllar sonra duyduğunda ne söyleyeceğini, ne yapacağını bilemedi. Telefonun başında kalakaldı.

"Hayriye..." dedi Cemal, "Sen misin?"

"Evet," dedi ve ağlamaya başladı Hayriye.

"Sedat söyledi dün onunla konuştuğunu, ne kadar mutlu oldum bilemezsin. Nasılsın? Neredesin?"

Hayriye ağlıyordu. Cemal anlamasın diye telefonun ahizesini eliyle kapatmıştı. Arada elini çekip kısa cevaplar verip tekrar ağlamaya devam ediyordu.

Cemal, Hayriye telefonu kapatmasın diye saçma sapan konular açıyor, adeta kendi kendine konuşuyordu.

Birkaç dakika sonra Hayriye kendini topladı ve medeni

iki insan gibi konuşmaya başladılar. "Sağlığın nasıl?" diye sordu.

"İyi değilim," dedi Cemal.

Kalp atışları hızlandı Hayriye'nin. "Neyin var?" dedi telaşla.

"İki yıl önce felç geçirdim. Belden aşağım tutmuyor. Tekerlekli sandalyeyle hareket edebiliyorum. Yıllar önce ölmüş bir adamın bunu söylemesi ne kadar doğru bilmiyorum ama ölmeyi bekliyorum."

Kahroldu Hayriye, kesti sözünü Cemal'in: "Allah korusun. Öyle söyleme."

Aradan otuz yıl geçtikten sonraki bu ilk konuşmayı, ertesi gün ikinci, sonraki gün üçüncü konuşmalar takip etti. Her gün konuşmaya başladılar.

Hayriye, Cemal'in eşi Handan Hanım'ı rahatsız etmemek için Cemal'in aramasını bekliyordu.

Cemal bazen günde iki üç kez arıyordu. Bir gün, "Hayriye, seni görmem mümkün mü?" diye sordu.

Hayriye düşündü. "Nasıl olacak ki? Yanlış anlaşılmaz mı?" dedi.

"Bir ömrü heba ettim ben. Bundan sonra kim ne anlarsa anlasın," dedi.

Hayriye de çok istiyordu aslında tek ve en büyük aşkını

görmeyi, ama Cemal tekerlekli sandalye olmadan hareket edemiyordu. Nasıl görüşeceklerdi?

"Malkara'ya gelirsen burada bir yerde buluşuruz. Ben gelirim," dedi Cemal.

"Gelirim," dedi Hayriye.

Birkaç gün sonra, sabah Malkara otogarında buldu kendini Hayriye.

Öğlen on ikide parkta buluşmak üzere sözleşmişlerdi. Hayriye on birde gitti buluşma yerine. On ikiye doğru Cemal tekerlekli sandalyesinin tekerleklerini ellerini parçalarcasına iterek göründü uzaktan.

Cemal'i görünce oturduğu banktan kalktı Hayriye. Kalbi heyecandan yerinden fırlayacaktı.

Cemal geldi, Hayriye'ye baktı, bir daha baktı, sonra uzun uzun bir daha baktı ve "Gözlerin, Hayriye... Gözlerin... En çok bundan korkuyordum... Bunca felakete rağmen hâlâ aynı bakıyorlar bana?" dedi.

"Ben senden başka kimseyi sevmedim, sevemedim," diye cevap verdi Hayriye.

Akşama kadar o bankta hiçbir şey yiyip içmeden oturdular. Hava kararmak üzereydi.

"Daha geç olmadan sen git, yolun uzun..." dedi Cemal. Kalktılar.

Ayrılığın en can yakıcı halini tatmış bu iki yaralı sevdalı bu sefer ayrılırken mutluydular. Çünkü, son dönemecinde de olsa hayat bir fırsat vermişti kalplerine.

Telefonda sohbetlerine devam ettiler.

Cemal böyle bir konuşmada açıldı Hayriye'ye: "Biliyor musun sen tekrar bana gelene kadar doktora gitmeyi hep reddetmiştim. Buluştuğumuzun ertesi günü tedaviyi kabul ettim. İyileşeceğim. İyileşip seninle evleneceğim."

Hayriye'nin cevabı acıydı: "Ben acıya alıştım, lakin başkaları alışmasın. Handan Hanım'a böyle bir kötülük edemem. Biz böyle geldik, böyle gidelim. Başka canlar yanmasın."

Ama Cemal ısrar etti. "Hayır, ben Handan'a anlatacağım. Bunun onunla ilgisi yok. Hakkını ödeyemem, ama ben seni sevdim, seni seviyorum."

"Sen düzel, iyi ol da... Gerisi kolay," dedi Hayriye.

Hayriye bir yandan Cemal'le konuşurken diğer yandan Handan'ı düşünerek hep bir huzursuzluk hissediyordu. Bu kadın nasıl oluyor da bu durumun farkına varmıyor? Kocası aynı evde her gün saatlerce telefonda konuşuyor, nasıl anlamıyor?

Hayriye'nin vicdanını kurcalayan bu sorunun cevabı soğuk bir şubat sabahı yine bir telefonla gelecekti.

"Cemal Bey arıyor" yazdı cep telefonunda yine ve yine

ilk çalışında açtı Hayriye. Ama bu sefer karşısında Cemal değil, eşi Handan vardı:

"Hayriye Hanım, iyi akşamlar, Handan ben..."

Hayriye nasıl cevap vereceğini bilemez haldeyken, Handan Hanım devam etti:

"Cemal'i kaybettik Hayriye Hanım. Yarın toprağa vereceğiz. Cemal sizin de burada olmanızı çok isterdi. Gelirseniz beni ve oğlumu da çok mutlu edersiniz."

Sevdiği adamın ölüm haberinin acısıyla, aylardır kocasıyla gizlice konuştuğu bir kadının bu nezaketi karşısında hissettiği utanç karışmıştı.

Cenaze günü avluda Cemal'in oğlu Sedat, "Hoş geldiniz Hayriye Teyze," diye karşıladı Hayriye'yi ve annesinin yanına götürdü.

Handan, Hayriye'yi görünce, "Başımız sağ olsun," dedi ve sarıldılar.

Cemal'i toprağa birlikte verdiler.

Malkara mezarlığının kapısına doğru Hayriye, Sedat ve Handan Hanım birlikte yürürken Handan Hanım oğlu Sedat'a, "Hayriye Teyzeni arabayla otogara bırakırsın, ama ondan önce bize biraz müsaade et, dertleşelim oğlum," dedi.

Sedat uzaklaşırken Hayriye'nin acısı, duyacaklarına dair duyduğu endişeyi bastırmıştı.

"Biliyor musunuz siz Cemal'le telefonda konuşurken ben de yan odadan sizi dinliyordum," dedi Handan Hanım. "Size evlenme teklif ettiğinde yandaki odada dakikalarca ağladım. Hatta belki size garip gelecek, ama Cemal'in haberi olmadan sırf sizinle konuşmaya devam edebilsin diye, ondan habersiz telefonuna kontör yüklüyordum. Benim sevgim onu hayatta tutmaya yetmiyordu, belki sizinki yeter diye umut ettim hep. Siz benden daha iyi bilirsiniz, sevmek garip bir his işte... İnsan sahiden sevince, başka hiçbir şeyin önemi kalmıyor. Kendinin bile."

Hayattan öğreneceği hiçbir şeyin kalmadığını, bu saatten sonra başına ne gelirse gelsin onu şaşırtmayacağına inanan Hayriye altmış ikinci yaşına girdiği günlerde aslında ne kadar yanıldığını anlayacaktı.

Hayriye hayattan aldığı belki de bu son dersle Handan Hanım'a sordu: "Beni buraya davet etmeniz, peki?"

"Cemal'in hayattaki en büyük övünç kaynağı, verdiği her sözü tutmuş bir adam olmasıydı. Kendi yaşamına, umutlarına, hatta aşkına rağmen... Sana tek bir nasihatim var, derdi oğlumuza: Neye mal olursa olsun verdiğin sözleri unutma."

Hayriye anlayamamıştı. "Beni cenazeye çağırmanızla bunun alakası nedir?" diye sordu.

"Size on sekizinci yaş gününüzde verdiği hediye aslında onun size sözüydü. Bugün o sözünü tutmuş oldu."

YAPTIKLARINDAN DEĞİL, İNSAN EN ÇOK YAPAMADIKLARINDAN PİŞMAN OLUR

"Gülmek adaleti bozuk düzene sessiz bir küfürdür. Gülümseyin," der Nazım.

Ayten'in Nazım'ın bu sözlerinden haberdar olduğunu hiç sanmıyorum. Ama bizim mahalleden kime sorsanız, Ayten'i suratındaki o hiç değişmeyen anlamsız gülümsemeyle tarif eder size.

İlk erkek arkadaş, ilk boynuz, ilk kürtaj... Başına gelen hiçbir hadise Ayten'in yüzündeki bu anlamsız gülümsemeyi götüremedi. Ve gün geldi, o anlamsız gülümseme sayesinde şehrin en iyi psikiyatristlerinden biri oldu Ayten.

Amerika'da bir üniversite onu yılın psikiyatristi seçtiğinde yaptığı teşekkür konuşmasında, "Hayatta seni bir yere getiren kaybettiklerin değil, muhafaza edebildiklerindir," derken sanırım yüzünden hiç eksiltmediği o tebessümden bahsediyordu.

Bu siktirik dünyada, bizim yıllarca taşak malzemesi yaptığımız sıradan bir gülücük sayesinde Ayten'in geldiği nokta sahiden ibrettir.

He, biz o ibreti alır mıyız?

Almayız.

Ayten, Amerikan başkanı olsa sikimizde mi?

Değil.

Ama mahalleden kardeşimizdir, ki kendisi aynı zamanda benim ilkokuldan sıra arkadaşımdır; başarılı olsun, bir yerlere gelsin gurur duyarız.

Kaldı ki girizgâha aldanmayın. Niyetim Ayten'e yalakalık yapmak ya da onun hikâyesi üzerinden, kıssadan hisse tadında bir yazıyla kafa ütülemek değil. Aksine Ayten üzerinden bütün ruh âlimlerini karşıma almak niyetindeyim.

*

Ben prensip olarak bu ruh âlimlerine karşı mesafeli biriyim. En yakın arkadaşlarımdan biri olan Ayten'e rağmen, yıllarca bu mesafeyi korumayı başardım. Baskılara rağmen bu duruştan taviz vermedim, vermeyi de düşünmüyorum.

Düşünün ki ne zaman, "Ben inanmıyorum arkadaş bu psikolog, psikiyatrist tayfasına," desem, mutlaka ortamda biri çıktı ve yüzünde beni telin eden bir ifadeyle kafasını sağa solla sallayarak, "Senin gibi birinin böyle düşünmesi çok korkunç," mealinden bir cümleyle beni kınadı.

Buna rağmen dönmedim bu yoldan! Döneceğimi de sanmıyorum, çünkü ben daha bu ruh âlimlerinden şifa bulan birini görmedim arkadaş.

Anlat, anlat, anlat... Çocukluğunu anlat, gençliğini anlat... Kendi kısa tarihini anlat... En özelini anlat... Velhasıl götündeki donun rengine kadar anlat.

Bu arada sen anlatırken taksimetre işlesin, sen seans başına dünyanın parasını verirken karşındakinin ağzını bıçak açmasın.

Psikiyatriste, psikoloğa "Ne yapmalıyım?" diye sorup da "somut" cevap almış adam yoktur. Riske girmezler. "Ona ben karar veremem, siz vereceksiniz," derler.

İyi de, benim derdim "anlatmak" olsa, sana niye geleyim? Toplarım bizim çocukları, sana verdiğim paranın onda biriyle bir rakı sofrası kurar, üç yıl kesintisiz anlatırım derdimi. İçtiğim rakı da yanıma kâr kalır.

*

Psikiyatriste gidip de boşanmaktan vazgeçen bir çift gördünüz mü hiç?

Ben görmedim. Görmediğim gibi, psikiyatriste giden tanıdığım ne kadar evli çift varsa iflah olmadı.

Demokrasi, özgürlük filan gibi medeniyet alanında bizden bir bok olmayacağı aşikâr. Ama alavere dalavere deyince bize geleceksin kardeşim.

Misal, götünden meslek uydurmakta biz Türklerin üzerine yoktur.

"Sosyal medya danışmanı" nedir mesela?

"Yaşam Koçu" ne iş yapar?

Peki ya "Evlilik Terapisti"?

Bizim tribünden Faruk ve karısı Betül, "Çok tartışıyoruz," diye gittikleri evlilik terapistine seans başı 400 lira domaldıktan altı ay sonra boşanmaya karar verdiler.

Son seansta terapist, "Acilen boşanmalı ve birbirinizi tamamen hayatınızdan çıkarmalısınız," demiş.

Rezilliğe gel.

Boşandıktan iki ay sonra bizimkiler barıştı mı?

Bu mevzunun üzerinden beş yıl geçti mi? Bizimkiler şu ara ikinci çocuğu bekliyor mu? Süleyman Bey ve Nazmiye Hanım kadar mutlular mı?

Peki, sen olsan böyle evlilik terapistine kızılcık sopasıyla girmez misin?

*

Neyse, esas konumuza, yani Ayten'e dönelim.

Ayten'le bu evlilik terapisi mevzusunu çok tartışırız biz. Bir gün yine böyle bir tartışmanın göbeğinde, suratındaki o her zamanki anlamsız gülümsemeyle, bana yanıldığımı anlatmaya çalışıyordu. Ben de tıp dünyasına olan bütün saygımı muhafaza ederek, ne kadar aile terapisti varsa saydırıyorum.

Fakat karşımda Ayten gibi iflah olmaz bir iyimser olunca son pes ettim ve "Yeter ya... İçim şişti. Hadi değiştirelim şu konuyu," dedim.

"Olur," dedi Ayten.

"Yahu kızım," dedim. "Sabahtan akşama kadar el âlemin derdini dinliyorsun. Senin yok mu hiç derdin? Biraz da sen anlatsana..."

Kız bu soruyu bekliyormuş usta. Üstüme dert kustu.

"Sürekli bir yere yetişmeye çalışıyorum," diye girdi mevzuya... "İşe, dişçiye, uçağa, sinemaya, sevgiliye, sınava, otobüse, maça, konsere... Ve muhtemelen bu yüzden hep bir yerden acilen ayrılmam gerekiyor. Rakıdan, muhabbetten, yataktan, yemekten, geyikten... Anlatırken kulağa havalı geliyor. Her ortamın, her muhabbetin aranan, özlenen insanı kıvamında duruyor ama değil. Yetişemiyorum."

"Derdin yetişememek mi yani?" diye sordum.

"Hayır," dedi. "Bir yerlere yetişmeye çalışırken hayatı kaçırmak. Bir saat sonrasını yakalama telaşıyla o anı hak ettiği gibi yaşayamamak."

*

Ayten'e ölümünden birkaç ay önce Mehmet Ali Birand'dan aldığım bir hayat dersini anlattım.

Mehmet Ali Abi hastaydı, ölecekti. Ve her haber gibi bu haberi de hepimizden önce o öğrenmişti. Ama çaktırmıyordu. Son nefesine kadar çalışmaya devam ederek meydan okuyordu hastalığa.

Ölümünden birkaç ay önce birlikte bir seyahate gitmiştik. Konu bir ara hayata, pişmanlıklara, aldığımız risklere geldi.

Birand pat diye bir laf etti: "Son tahlilde, insan hep yapamadıklarından pişman olur, yaptıklarından değil. Yetmiş yıllık bir ömrün son günlerini yaşayan bir adam olarak söylüyorum bunu sana: İçinden ne geliyorsa yap evlat, erteleme..."

*

Ne müthiş bir laftı: İnsan yaptıklarından değil, sonunda hep ve en çok yapamadıklarından, yaşayamadıklarından, eksik bıraktıklarından pişman olur.

Dibine kadar yaşanan tüm sevdalara inat, en çok yarım kalmış aşklardı yürek yakan...

Yaşadıkların hata bile olsa, son tahlilde kâr kalıyordu yanına.

Ayten haklıydı: Hayat biriktirdiklerinden ibaretti.

Ama kendi haklılığının dahi farkında değildi.

Ne biriktireceğine ise sen karar vereceksin?

Ne mutlu insan biriktirebilene... Ne mutlu hata biriktirebilene... Ve ne yazık, "Acaba?"larla ölene!

*

Demem o ki rahmetli Birand'ın o gün söylediği o söz, bugün hâlâ kulağıma küpedir.

Nerede telaşla bir yerden bir yere yetişmeye çalışan birini görsem, içimden hep şöyle geçiriyorum: Altı üstü toprak olacaksın hacı, bu neyin artistliği böyle?

OLMAZ DEDİĞİN NE VARSA

Şimdi nasıl bilmiyorum, ama on yıl önce Ankara'da askerlik dışında başka hiçbir şey yapmaya imkân olmayan bir yer vardı: Etimesgut. Hepi topu iki faaliyet için yolu Etimesgut'a düşerdi insanların; birincisi askerlik yapmak, ikincisi de askerlik yapanı ziyaret etmek.

Ben birinci sebepten dolayı tam yedi ay on beş gün kaldım Etimesgut'ta... "Askerlik insana çok şey öğretir," diye yaygın bir kanı vardır. Bana tek bir şey öğretti... Ne mi?

Önce size Revan'ı anlatayım biraz... Revan benim asker arkadaşımdı. Hiç kimseyle konuşmazdı. Sigara içer, yemek yer, nöbet tutar, uyurdu. Ortak nöbet tuttuğumuz bir gece, 3-5 nöbeti sırasında soğuktan donmamak için konuşmak zorunda kalarak tanışmıştık.

"Müdür, sen niye hiç konuşmuyorsun kimseyle?" diye sormuştum.

"Boş ver," demişti.

Gel gör ki Revan'ın sessizliği tertiplerde "şüphe" uyandırınca, benden başka kimse Revan'la nöbet tutmak istemiyordu. Hal böyle olunca da karargâhtaki yazıcılar herkesin fena halde tutulduğu Revan'ı adeta bana evlatlık vermişti.

Yedi ay boyunca, her gece farklı saatlerde birlikte nöbet tuttuk. "İstemiyorum," diyebilirdim, ama ben de istemesem çocuk tek başına nöbet tutmak zorunda kalacaktı. Allah muhafaza başına bir iş gelse, ömür boyu o vicdan azabıyla yaşarım korkusuyla sesimi çıkarmadım.

Tam yedi ay on üç gün, her gece iki saat o Ankara ayazında adama bütün hayatımdan kesitler sundum, hepsini dinliyor, hiçbir şey anlatmıyordu. Yedinci ayın on dördüncü günü, ertesi sabah terhis olacağımız halde bize nöbet geçirilen bir şubat gecesi son konuşmamızı yaptık Revan'la...

Genelde mevzuyu ben açardım. Bu sefer o açtı. "Hakkını helal et, çok kahrımı çektin," dedi.

"Etmiyorum lan," dedim. "Yedi aydır bağırsaklarımın kaç boğum olduğuna kadar anlattım sana... Hiç mi anlatacağın bir şey yoktu. Bu kadar mı güvenmedin anasını sattığımın yerinde..."

Baktı bana, "Gerçekten etmiyor musun?" diye sordu...

"Etmiyorum!"

Gözleri doldu...

"Kusura bakma müdür, ama ben böyle arkadaşlığın ta a.... koyayım! Azıcık güvenmez mi lan insan?" diye iyice açtım gazı. Cephaneliğin önündeki o ıssız kulübede anıra anıra ağlamaya başladı...

"Ben niye konuşmuyorum biliyor musun?" dedi.

"Çünkü adam değilsin," dedim.

"Hayır," dedi. "Ben en son konuştuğumda, bir sürü insanın hayatını bitirdim, o günden beri dilim mühürlü."

Anlamadım. Daha doğrusu inanmadım.

Başladı anlatmaya...

Üniversite son sınıfta Sevgi diye bir kıza âşık olmuş... Sevgi de aynı okulda, tıp fakültesi beşinci sınıfta okuyormuş.

"Her gece Kordon'da rakı içer, sabahlara kadar konuşurduk. Hayaller kurardık. Yine öyle bir gece, Sevgi hastanenin acil servisinde, nöbeti sırasında gelen kimsesiz bir kadının ölümünden çok etkilenmişti. Onun hikâyesini anlattı. Konu kimsesizlerden açılınca, ben de bizim pederin meşhur bir hikâyesi vardı, kafası dağılsın diye onu anlatmaya başladım."

"Nasıl bir hikâye?" diye sordum.

"Babam eski bir vali benim. 1970'lerde Anadolu'da valilik yaptığı dönemde bir kaymakamı var: Hikmet Bey... Bu Hikmet Bey, kasabanın doktoru Necla Hanım'la evli. İkisi de aileden çok zenginler. En büyük hayalleri çocuk yapmak. Büyük aile olmak. Ama bir türlü olmuyor. Sonra tetkikler filan anlaşılıyor ki kadının istese de çocuğu olamıyor. Hikmet Bey yıkılıyor tabii. Evlatlık almaya da yanaşmıyorlar. Bizim peder de, karı koca bunları çok seviyor. Bir şey teklif ediyor: 'Kimsesiz bir kadın var... Paraya pula çok ihtiyacı var. Sizin eve hizmetli olarak gelsin. Senden hamile kalsın. Çocuğu da Necla doğurtsun.' Hikmet Bey kabul ediyor, ama karısı büyük arıza çıkarıyor. İş öyle bir noktaya geliyor ki Hikmet Bey intihara filan teşebbüs ediyor. Kadıncağız sonunda dayanamayıp kabul ediyor."

Yedi aydır ağzını bıçak açmayan Revan, susmak bilmiyordu...

"Her şey planlandığı gibi gidiyor. Kadın hamile kalıyor. O sürede Necla Hanım, herkes hamile sansın diye karnına her ay içine daha fazla pamuk doldurmak suretiyle bir yastık bağlıyor. Sonunda çocuk doğuyor. Kadın sütten kesilince parayı verip gönderiyorlar. Giderken de bizimkiler korkutuyor zavallıyı: Sakın kızını arayıp sormaya kalkma, seni mahvederiz, diye... Gariban da o korkuyla parayı alıp gidiyor. Ama aradan zaman geçince bizim pederi arıyor. 'Kızımı çok özledim, hasretinden kanser oldum. Ölmeden en azından bir kez göreyim,' diyor. Hikmet Bey ve eşi izin vermeyince kadıncağız evlat hasretinden ölüyor."

Baktım bizimki Sunay Akın'a bağladı, dayanamadım:
"Olum iyi de, bunun senin konuşmamanla ne alakası var?"

"Hikâyedeki bebek, benim kız arkadaşım Sevgi çıktı!" Otuz altı yaşındayım, hâlâ o gece bunu duyduğum andaki gibi bir 'Hassiktiiiiiir' çekmedim!

"Kız o gece anlattığım hikâyedeki parçaları birleştirince deliye döndü. Masadan ağlayarak kalktı. Evi arayıp doğru mu bunlar diye sormuş... İnkâr ederseniz, intihar ederim, deyince anlatmışlar. Ailesi ertesi gün İzmir'e geldi. Ama Sevgi kayıp... Arkadaşları benim yanımda olabileceğini söylemişler. Beni buldular. Olanları anlattım. Adam 'O Hikmet benim,' deyince beynimden vurulmuşa döndüm."

Bizim nöbet, hayatımın nöbetine dönmüştü. "Sonra..." dedim.

"Sonrası daha beter... Sevgi İstanbul'a gerçek annesinin mezarını bulmaya gitti, diye bir laf çıktı. Aynı gün Hikmet Bey ve Necla Hanım da peşinden yola çıktılar. O yorgunluk ve moral bozukluğuyla yolda bir ara dalıyor Hikmet Bey ve trafik kazası geçiriyorlar. Hikmet Bey o kazada ölüyor. Necla Hanım bir süre hastanede kaldıktan sonra, İstanbul'da Sevgi'yi aramaya kaldığı yerden devam ediyor. Dönemin İstanbul valisi, Hikmet Bey'in sınıf arkadaşı olunca Sevgi hemen bulunuyor. Ama bitik halde... Uyuşturucuya başlamış...

Bulaşmadığı pislik kalmamış. Sevgi bir süre tedavi görüyor. Çıkıyor, ama düzelmiyor. Daha doğrusu düzelmeyi reddediyor. Annemi siz öldürdünüz, beni yalanla büyüttünüz, diye kadıncağıza zulmetmeye başlıyor... Nişantaşı'nda babadan kalma apartman, Sevgi'nin tedavisi, bilmem nesi derken elden gidiyor. Bir tek apartman dairesi, bir de emekli maaşına kalıyorlar. Sevgi bu arada uyuşturucuya yeniden başlıyor."

Revan vicdan azabından sürekli İstanbul'daki Necla Hanım'ı arıyor, soruyor. Bir iki kere Sevgi ile konuşmaya çalışıyor. Ama Sevgi, artık eski Sevgi değil. Neyse ben bölmeyeyim, ondan dinleyin...

"Sevgi bir gece kendini ihbar ediyor. Polis evi basıyor. Necla Teyze salonda otururken Sevgi odasında eroin yapıyor kendine. Polis gelecek diye de bayağı yüklü miktar eroin alıyor... Tabii yakalanıyor, büyük rezalet!

Yeniden AMATEM'e yatırıyorlar. Bir yıl filan kaldıktan sonra taburcu oluyor... Necla Teyze alıp eve getiriyor.

Sevgi, 'Bir daha dünyaya gelsen yine aynı şeyleri yapar mıydın?' diye soruyor Necla Teyze'ye...

'Ben babanı çok sevdim. Hiçbir zaman çocuğumuz olmayacaktı. Ben bununla yaşayabilirdim, ama baban yaşayamazdı. Kendini bir kez öldürmeyi denedi. İkinci kez denemesini göze alamadım. O yüzden kabul ettim. Sana gelince, kanımı veremedim ama sevgimi verdim! Hem de çok verdim. Baban ve ben sevgimizle büyüttük seni... Sana kızım diyebilmek bir emekse, biz o emeği sevgiyle verdik. Hatta sana bu yüzden Sevgi dedik. Akrabalık kan bağıyla değil, gönül bağıyla kurulur, sandım. Ama gördüm ki yanılmışım.'"

Hikâyenin sonu daha vahim... Bu konuşmadan birkaç hafta sonra Sevgi'nin cansız bedeni Taksim'de bir otel odasında bulunuyor... Altın vuruş yapmış!

Sevgi öldükten bir buçuk yıl sonra Necla Hanım'ın kalbi de dayanmıyor bunca acıya... Necla Hanım ölmeden birkaç hafta önce Revan yanına ömürlük vicdan azabını da alıp, ziyaretine gidiyor. Necla Hanım, Sevgi'nin altın vuruştan önce yazdığı "veda mektubu"nu gösteriyor Revan'a, "Al götür bunu, artık yüreğim dayanmıyor," diyor.

Duramadım artık ve "Ne yazıyordu peki mektupta?" diye sordum.

Revan arka cebindeki cüzdanının içinden kareli harita metot defterden koparılmış bir kâğıt parçası çıkardı ve "Al oku," dedi.

Çocukken sana ya da babama bir şey olacak diye ödüm patlardı. Geceleri kalkıp babamın ve senin nefesini dinlerdim. Nefes aldığınızı duyunca rahatlardım. Bu hayatta en kötü şeyin yapayalnız kalmak olduğunu düşünürdüm. Hayır, değilmiş! Hayattaki en kötü şey; seni yalnız hissettiren insanların arasında kalmakmış.

Babam öldükten sonra kendine bir hayat kurabilir, mutlu bir kadın olmaya çalışabilirdin. Yapmadın. Bunun yerine benim peşimden geldin. Gerçek annem olsa belki senin kadar uğraşmaz, meşgul olmaz, endişelenmez, peşimden koşmazdı benim... Galiba haklısın; akrabalık kan bağıyla değil, gönül bağıyla kuruluyor. Ben bunu sayende anladım.

Peki, sen insanoğlunun tüm duygularını yok eden, hayata dair bütün bağlarını koparan şeyin ne olduğunu anlayabildin mi?

Olmaz dediğim ne varsa oldu...

Ve anladım ki içinde Yalan barındıran bir Sevgi er ya da geç ölüme mahkûmdur.

Sevgi

Mektubu okudum, geri verdim.
"Şimdi hakkını helal ediyor musun bana?" dedi.
"Özür dilerim," dedim.

Ertesi gün terhis olduk. O günden sonra bir daha ne gördüm ne de konuştum Revan'la. Kim bilir nerede ne yapıyor şimdi?

Adam bağıra bağıra susuyormuş, duymuyormuşuz. Benim askerde öğrendiğim de bu oldu...

O gün bugündür hiç kimseye, "Niye susuyorsun?" diye sormuyorum!

AKLIN ZAMANSIZ ÖLDÜRDÜKLERİNİ

YÜREK ANSIZIN DİRİLTİR

Meşhut Bey memleketin en saygın hekimlerinden biriydi. Hali vakti yerinde, cemiyette tanınan, varlıklı bir adamdı.

Ömrünün büyük bir kısmı iyi bir hekim olmak adına çalışmakla geçmişti. Tıp fakültesi, mecburi hizmet, uzmanlık, büyük şehirde kendini ispatlamak derken Meşhut Bey 40'lı yaşlarına gelmiş ancak hâlâ bir aile kurmayı başaramamıştı.

Bir iki denemesi olmuştu aslında. Gel gör ki ya Meşhut Bey'in bulduğunu ailesi istememiş ya da ailesinin istediğini Meşhut Bey sevememişti. Önceleri bu durumu çok takmıyor gibi görünüyordu. Lakin çevresindeki bütün arkadaşlarının çocukları neredeyse ilkokul çağına gelmişken Meşhut Bey'in hâlâ "bekâr" olması içten içe aklını kemiren bir sorun olmaya başlamıştı. En çok da cemiyet hayatının tüm ileri gelenlerinin ailece iştirak ettiği davetlere tek başına katılmak ağırına gidiyordu.

1957 yılının 29 Ekimi'nde İstanbul valisi tarafından verilen Cumhuriyet resepsiyonu tam da böyle bir davetti. Şehrin bütün ileri gelenlerinin eşleriyle katıldığı davette Meşhut Bey yine yapayalnızdı. Planı, vali bey ve eşiyle sohbet edip bir an önce resepsiyonu terk etmekti. Kapıdan girdikten sonra şarabını aldı ve salonda ilk fırsatta kimseye belli etmeden kaçabileceği bir köşeye çekildi. Kadehini aldı, sigarasını yaktı ve davetin uygun anını kollamaya başladı. Tam da o sıra "Meşhut Hocam!" diye bir ses geldi arkasından. Döndü. Karşısında kıpkırmızı bir elbisenin içinde simsiyah saçları, kapkara gözleri ve ok gibi kaşlarıyla dünyalar güzeli bir genç kadın duruyordu. Genç kadın Meşhut Bey'e fırsat vermeden, "Beni hatırladınız mı?" diye sordu. "Bağışlayın, anımsayamadım," dedi Meşhut Bey.

"Geçen yıl annemin ciğerlerindeki rahatsızlık için Haseki'ye gelmiştik. Siz tedavi etmiştiniz annemi. Annem Nurdan Yerlikaya... Onun kızıyım ben."

Her gün onlarca hasta gören Meşhut Bey için 1 yıl önceki bir hastanın akrabasını tanımak pek mümkün değildi. Ama genç kadını bozmak da istemedi. Kibarca, "E... evet..." dedi ve sordu: "Anneniz nasıl? İyi mi?"

"Çok iyi sayenizde... 1-2 ay işe gidemedi. O sıra biraz sıkıntı yaşadık. Ben okulu bırakıp çalışmaya başladım. Şimdi iyi ama... Sağ olsun valideniz hanımefendi Beylerbeyi'ndeki yazlığınızda işe aldı annemi, yoksa halimiz dumandı.

Meşhut Bey o an hatırladı! Annesinin evine temizliğe gelen Nurdan Hanım'ın kızı olduğunu.

Sonra bir an duraksadı. Bir yandan karşısındaki kadının güzelliğinden etkilenmişti ve sohbete devam etmek istiyordu, diğer yandan ise onun bir "temizlikçi kızı" olduğunu anımsayarak "Etrafta görenler ne der?" endişesiyle boğuşuyordu. Öyle ya, koskoca Meşhut Cevanşir! İstanbul'un en ünlü, en zengin dahiliye mütehassısı... Bir temizlikçi kızıyla mı görünecekti?!

Meşhut Bey bu düşüncelerle boğuşurken bir anda yanlarında davetin ev sahibi vali bey ve eşi Fitnat Hanım belirdi. Vali bey ve Meşhut Bey'in hikâyesi ilginçti. Birkaç yıl önce kalp krizi geçiren valiyi, Meşhut Bey ölümden kurtarmıştı. Bu sebepten aralarında büyük bir muhabbet vardı.

Vali, Meşhut Bey'in yanında genç ve güzel bir kadın görünce mutlu olmuş, eşinin elinden tuttuğu gibi yanlarına gelip müstakbel "gelin hanımla" tanışmak istemişti.

"Aman efendim bu ne şeref," diye girdi söze vali bey. Genç kıza dönerek, "Hoş geldiniz hanımefendi" dedi ve "Meşhutcuğum, hanımefendiyi tanıştırmayacak mısın bizimle?" diye sordu.

Meşhut Bey paniğe kapıldı, ne yapacağını bilemez bir haldeydi. Zira tanıştıracağı kadının adını kendisi de bilmiyordu. Genç kadın, Meşhut Bey'in telaşlı hareketini yüzünden anlayıp hemen söze girdi: "Hoş bulduk efendim. Azize ben."

Derin bir oh çekti Meşhut Bey. Ancak rahatlamak için çok erkendi. Zira vali bey ve eşi, Meşhut Bey'i bırakıp Azize'ye arka arkaya sorular sormaya başladılar. Dakikalarca süren üçlü arasındaki koyu sohbetin sonunda vali beyin eşi Fitnat Hanım, "Meşhut Bey, biz Azize'yi çok sevdik. Hafta sonu sizi yemeğe davet etmek istiyoruz?" dedi.

"Bilmem ki..." dedi Meşhut Bey. Vali bey üsteledi: "Bilmem yok, cumartesi akşamı bekliyoruz. Size ellerimle balık yapacağım."

Meşhut Bey, "Olur... Tamam... Madem öyle diyorsunuz" demek zorunda kaldı.

Vali bey ve eşi salondaki diğer misafirlerle ilgilenmek üzere yanlarından ayrılırken hem Meşhut Bey'in hem de Azize'nin yüzünde "Ne olacak şimdi?" diye bağıran kaygı dolu bir ifade vardı.

Azize, "Allah'ın işine bak," deyince "nasıl yani?" diye sordu Meşhut Bey.

"Ben buraya 29 Ekim resepsiyonunda sahneye çıkacak orkestrada keman çalmak için gelmiştim. Sizi görünce 'merhaba' demek istedim, yanınıza geldim. Bir anda vali ve karısıyla ahbap olduğum yetmedi, hafta sonu evlerine gidiyorum."

Meşhut Bey, "İstemiyorsanız ben bir mazeret üretirim, endişelenmeyin..." dedi. Azize sitemli ve yüksek bir ses tonuyla, "Esas siz istemiyorsanız söyleyin, beni bahane etmenize gerek yok," diye cevap verdi. Genç kız alınganlık göstermekte haklıydı. Meşhut'un yüzünden ve hareketlerinden de anlaşıldığı üzere aklında tek bir soru vardı: "Koskoca (!) Meşhut Cevanşir valinin evine bir temizlikçi kızıyla nasıl gider?" Ama bir kere söz verilmişti. Hem güzel genç bir kadınla sadece vali bey ve eşinin şahitlik edeceği bir akşam yemeği yemek, Meşhut Bey'in uzun süredir içini kemiren yalnızlığına da iyi gelebilirdi. Kararını verdi:

"Ben sizinle birlikte vakit geçirmekten mutlu olurum Azize Hanım. Eğer sizin için de uygunsa..."

Bu sözler, Azize'nin yelkenlerini suya indirmek için yetti de arttı bile. Tatlı bir tebessüm belirdi gözlerinde. "Ben de çok isterim... Ama... Ama..." dedi.

Meşhut Bey, "Aması ne?" diye sordu.

Azize kafasını önüne eğdi. "Benim o akşam için giyecek kıyafetim yok ki," dedi. Meşhut Bey için centilmenliğini ve cömertliğini gösterme zamanıydı.

"İzin verirseniz yarın öğlen muayenehane çıkışı Beyoğlu'na çıkalım. Sadece sizin değil benim de bir şeyler almam lazım üstüme başıma. Birlikte alışveriş yapar, sonra da bir yerde oturur iki kadeh rakı içeriz."

Azize utana sıkıla cevap verdi: "Olur. Siz nasıl isterseniz."

Meşhut Bey ve Azize ertesi gün akşamüzeri Meşhut Bey'in Galata'daki muayenehanesinde buluştular. Beyoğlu'nda birlikte alışveriş yaptıktan sonra Cumhuriyet Meyhanesi'ne girdiler. Birlikte geçirilen o akşamın sonunda Meşhut, genç kadından etkilenmeye başlamıştı. Azize'nin durumu ise çok daha vahimdi. O artık sadece genç ve güzel bir kadın değil aynı zamanda gözü kör bir âşıktı!

İkisi de hislerini belli etmekten çekiniyordu. Gece bittiğinde cumartesi akşamı buluşmak üzere sözleşip ayrıldılar.

*

Ve o beklenen cumartesi akşamı gelip çattı. Meşhut, Azize'yi akşam 5'te evinden almak üzere sözleşmişlerdi. Azize, 3'te hazırlanmış beklemeye başlamıştı bile. Saat 5 gibi Meşhut Bey'in arabası kapıda görünür görünmez attı kendini dışarı. Meşhut, genç kadının kapısını açmak için arabadan indiğinde bembeyaz dizlerinin üzerinde biten tek parça ipek elbisenin içinde adeta bir su perisini andıran Azize'yi görünce aşkı bir kez daha alevlendi. Birlikte arabaya bindiler. Vilayete doğru yola çıktılar.

Vali konağının kapısında vali beyin eşi Fitnat Hanım karşıladı çifti. "Hadi hemen sofraya," dedi.

Vali beyin elleriyle pişirdiği balıkların yanında yağ gibi kadehe dolan Altınbaşla başladı gece. Vali bey muhabbet seven ama "fazlasıyla" açıksözlü bir adamdı. Hatta öyle ki en sonda edilecek lafı en başta edişiyle nam salmıştı. Masada keyiflerin ve kafaların hoş olmaya yüz tuttuğu bir anda yine yaptı yapacağını vali bey: "Eeee ne zaman evlendiriyoruz sizi?"

Azize, kıpkırmızı kesildi.

Meşhut Bey'in ise rakının tesirinden mi bilinmez, vali beyin bu sorusundan hiç rahatsız olmuş bir hali yoktu. Vali bey damarlarında gezen rakı miktarından aldığı yetkiye dayanarak bir daha sordu:

"Meşhut Bey kardeşim, sana söylüyorum!"

Meşhut Bey yüzündeki tebessümü bir bukle daha büyütüp cevap verdi: Şimdi!

Azize olan bitene anlam vermeye çalışırken, vali beyin eşi Fitnat Hanım da en az Azize kadar şaşkınlık içindeydi. Fitnat Hanım daha fazla sessiz kalamadı ve "Nasıl şimdi Meşhut Bey?"

Meşhut Bey ayağa kalktı, elini cebine soktu. Cebinden çıkan küçük kutuyu açtı. İçindeki tek taş yüzüğü tutup Azize'ye döndü ve "Benimle evlenir misin Azize?" dedi.

Meşhut Bey vali konağındaki bu yemekten bir gün önce valiyi aramış, "O gece Azize'ye evlenme teklif etmek istiyorum... Lakin tek başıma bu işin içinden çıkamayabilirim," demişti. Vali bey bu eşsiz fırsatı kaçırır mıydı?

"Sen git yüzüğü al, gerisini bana bırak. Sana bir hayat borcum var doktor, yeni bir hayatın kapısını açarak ödemekten daha güzel fırsat olmaz!"

O ana kadar her şey planlandığı gibi ilerlemişti. Ama filmin "en heyecanlı yeri" şimdi başlıyordu. Lakin teklifine Azize'nin vereceği cevabı Meşhut Bey kestiremiyordu.

Azize önce Meşhut Bey'e baktı sonra elindeki yüzüğe. Birkaç saniye düşündükten sonra önünde duran ağzına kadar dolu rakı kadehini aldı. Bir dikişte devirdi kadehi. Sonra en az bu fondip kadar sert ve hızlı bir şekilde ayağa kalktı. Meşhut'a döndü, "Evet," dedi ve olduğu yere yığıldı.

*

Azize gözünü açtığında başucunda vali beyin eşi Fitnat Hanım'ı gördü. "Tansiyonun düşmüş kızım, korkacak bir şey yok. İç şu tuzlu ayranı, bir şeyin kalmaz," dedi.

Azize'nin sesini duyunca Meşhut Bey ve vali de odaya girdiler. Meşhut, hemen tansiyon aletini alıp Azize'nin koluna taktı birkaç saniye sonra stetoskopu kulağında çıkardı, "Hadi geçmiş olsun, tansiyonun normale döndü," dedi.
Azize, "Az önce..." dedi. Meşhut Bey devam etmesine izin vermeden ağzına elini götürerek susturdu ve gülerek, "Evet az önce sana evlenme teklif ettim, sen de kabul ettin. Bundan vazgeçsen de nafile!" dedi.
Baygınlığın etkisiyle yarı sersem bir ifadeyle cevap verdi Azize: "Siz teklifinizden pişman olmayın da, ben cevabımdan sonsuza dek olmayacağımdan eminim."

*

Meşhut Bey ve Azize birkaç ay sonra Caddebostan'daki Yelken Kulüp'te dillere destan bir düğünle evlendiler. Düğünden 1 yıl sonra oğulları Rafet doğdu. Rafet'in 3 yaşına girdiği gün Azize ikinci çocukları Devin'e hamile kaldığını öğrendi. Zaman hızla geçiyordu. Evliliklerinin beşinci yılına girdiklerinde Meşhut Bey'in hayatında her zamanki gibi en büyük yeri hastaları ve mesleği işgal ediyordu. Meşhut Bey ancak arta kalan nadir zamanlarda karısı ve çocuklarına vakit ayırabiliyordu. Azize ise hayatının hiçbir döneminde görmediği ve göremeyeceğini çok iyi bildiği lüks bir hayat yaşıyordu. Sadece zengin değildi, aynı zamanda "Doktor Meşhut Bey'in eşi Azize Hanım" olarak cemiyette genç yaşına rağmen saygı duyulan bir hanımefendiydi. Hayal bile edemeyeceği bir yaşama kavuşmuştu. Gençti, güzeldi ve bütün bunların yanında artık zengin ve itibar gören bir kadındı. Temizlikçi Nurdan Hanım'ın kızı Azize artık girdiği her ortamda kapıda karşılanıyor ve sultanlar gibi ağırlanıyordu. En iyi lokantalarda en iyi masalara oturuyor, istediği an istediği Avrupa kentine sırf alışveriş yapmak için bile gidip dönebiliyordu. Evlilik Azize'ye hayal bile edemeyeceği bir yaşam sunmuştu. O artık Temizlikçi Nurdan Hanım'ın gariban kızı değil, Doktor Meşhut Bey'in sosyetik karısıydı.

Azize'nin sahip olduğu bu yeni hayattaki tek sorumluğu Baltalimanı'ndaki köşkte dadılar tarafından büyütülen iki çocuk ve her akşam 8'de hizmetliler tarafından açılan yatağa girip her sabah 5'te kendi başına uyanıp sessizce işine giden bir kocaydı.

*

Evliliklerinde sekizinci yıla girdikleri sene oğulları Rafet, Meşhut Cevanşir'in oğlu olması hasebiyle İstanbul'un en prestijli mektebi tarafından kabul edilmişti. Zeki bir çocuktu Rafet. Okuma yazmayı sınıfında ilk o sökmüştü. Okuldaki okuma bayramına tüm veliler gibi Meşhut Bey ve Azize de davetliydi. Gel gör ki o gün Meşhut Bey'in şehir dışında bir konferansı vardı. Ve aileyi temsil sorumluluğu her zamanki gibi bir zorunluluğa dönüşecek ve bu zorunluluk yine her zamanki gibi Azize'nin omuzlarına kalacaktı.

Rafet'in okuma bayramına Azize, şoför Hakkı Bey'le birlikte gitti. Salonda velilere ayrılan yere tek başına oturdu. Yanında, Meşhut Bey'e ayrılan sandalye boştu. Aslına bakarsanız o sandalye 8 yıldır hep boştu ama o boşluk ilk kez bu kadar gözüne batmıştı Azize'nin.

Bir insanın kendi oğlundan daha kıymetli neyi olabilir ki? diye söylendi içinden. Tam bu esnada sarı saçlı, yeşil gözlü genç bir erkek geldi ve Azize'yi selamladıktan sonra, "Hoş geldiniz. Ben okul müdürü İhsan Çamlıbel... Sanırım değerli eşiniz katılamayacak, müsaadenizle yanınıza oturabilir miyim?" dedi.

Azize yarı buruk, yarı kızgın bir ifadeyle, "Evet, maalesef katılamayacak. Buyurun lütfen," dedi.

Merasim başladı. Çocuklara kurdeleleri takıldı. Aileler çocuklarını alıp okulun arkasındaki büyük bahçedeki barbekü partisine geçti. Rafet, çok sevdiği şoför Hakkı Bey'e okulunu gezdirirken Azize bir masada tek başına bir şişe viskiyi ve sigarasının ikinci paketini bitirmek üzereydi. Okul Müdürü İhsan Bey genç kadının tek başına oturduğunu fark ederek yanına gitti, "Rafet çok zeki ve başarılı bir çocuk, kutlarım efendim," dedi. Rafet o anda Azize'nin umurunda bile değildi. Hatta şimdiki aklı olsa acaba evlenir miydi? Hamile kalır mıydı?

Alkolün de etkisiyle aklı yalnızlığına saplanan Azize, yarım ağız teşekkür etti İhsan'a ve nezaketen, "Buyurun oturmaz mısınız?" dedi.

"Rahatsız etmeyeyim," diye cevap verdi İhsan. Azize alaycı bir gülüşle, "Beni rahatsız etmezsiniz. Benden başka da kim rahatsız olursa olsun umurumda değil," dedi. İhsan gülümsedi ve oturdu Azize'nin yanına. Garsonu çağırdı, kulağına bir şeyler söyledi. "He bir de bol buzlu bir viski..." dedi. Birkaç dakika geçti. Fonda Carlos Cabel'in 1930'larda çıkan ve o günden beri tüm dünyayı kasıp kavuran şarkısı "Por Uno Cabeza" çalmaya başladı. Ne tutkulu ne depreştirici bir müzikti öyle! Birkaç çift müziğin kışkırtıcılığına dayanamayıp tango yapmaya başlamıştı bile. İhsan Azize'ye döndü, "Bu dansı bana lütfeder misiniz?" dedi ve Azize'nin elini tuttu. Azize ne cevap vereceğini düşünürken İhsan cesur bir hamleyle genç kadını çekti ve yerinden kaldırdı. İkili piste doğru yürürken Azize heyecanla, "Bir dakika durun, ben tango bilmiyorum..." dedi. İhsan, "Siz sadece ruhunuzu serbest bırakın, bedeniniz bana emanet," diye cevap verdi. İhsan elini Azize'nin beline götürdü, "Gözlerinizi kapayın lütfen. Bırakın ruhunuz bedeninizi bana emanet etsin," dedi.

Kapadı...

Ve dans başladı. Azize, İhsan'ın kollarında yılların tangocularına taş çıkartacak zarafette süzülüyordu. Genç adam tam da söylediği gibi Azize'nin bedenini teslim almıştı. Hayatı boyunca hiç tango yapmamış Azize, İhsan'ın kollarında inanılmaz tango figürleri yapıyordu. Son 8 yılı "Acaba insanlar ne der ne düşünür?" diye düşünmekle geçen Azize, genç bir adamla herkesin gözü önünde şehvetle dans ederken, salondakiler acaba ne der diye zerre kadar umursamıyordu bile. Müziğin bitişiyle birlikte misafirlerin alkışları eşliğinde ikili dansı bitirip izleyenleri selamladılar. İhsan o ana kadar hiç bırakmadığı Azize'nin eline, "Bahtiyar ettiniz beni, teşekkür ederim," diyerek küçük bir buse kondurdu ve bıraktı.

Azize büyülenmişti. Masaya geri döndüklerinde ikisinin de hayatında artık hiçbir şey eskisi gibi olmayacaktı.

Azize ve İhsan yerlerine oturdular. Lakin heyecandan

konuşamıyorlardı. Tek yaptıkları viskileri bittiğinde yenisini söyleyip içerken, "Sağlığa... Şerefe..." diyerek kadeh tokuşturmaktı. Arka arkaya 3 kadeh içtiler, hâlâ ikisinin de ağzını bıçak açmıyordu. Azize en sonunda dayanamadı, "Kalbim öyle hızlı atıyor ki konuşamıyorum. Ne olur bari siz konuşun," dedi.

İhsan, "Konuşmak şart mı? İnsan birlikte susarak da mutlu olabilir... Hele böylesine mucizevi bir an yaşamışken," diye cevap verdi. Azize gülümsedi, "O zaman birlikte huzur içinde susabilenlere," diyerek kadehini kaldırdı.

Azize o masada sabaha kadar oturabilirdi. Ama saat gece yarısına yaklaşmış ve bahçede ikisinden başka kimse kalmamıştı. "Lavaboya gideyim, sonra da kalkayım ben, geç oldu," diyerek elini uzattı. İhsan, genç kadının elini tutup, "Eşlik edeyim size," dedi. Azize, şoför Hakkı Bey'e arabayı hazırlaması için işaret etti. Azize önde, İhsan arkasında okul binasının giriş katındaki lavaboya doğru yürümeye başladılar. İhsan, binaya yaklaşınca öne hamle yapıp giriş kapısını açtı. Azize, İhsan'a teşekkür edip açtığı kapıdan geçmek için önünden yürüdü. Pistteki dansın ardından ilk kez bu kadar yakındı vücutları. Genç kadın burnunun dibinden geçerken İhsan derin bir nefes alarak Azize'nin kokusunu içine çekti. Tam o an kafasını çevirdi Azize. Göz göze geldiler. Azize olduğu yerde dondu kaldı adeta. Neredeyse burunları birbirine değecek kadar yakındılar. Nefesleri birbirlerinin yüzüne vuruyordu. Azize, dudaklarını genç adama bırakmaya çoktan hazırdı. Gözlerini İhsan'ın gözlerinden ayırmadan bekledi... Uzun bakışmanın ardından Azize yine tutamadı kendini, "Öpmeyecek misiniz beni?" diye sordu. İhsan, "Öpmek şart mı? Gözleriniz öyle güzel bakıyor ki öpmek için bu bakışlardan mahrum kalmaya değer mi değmez mi karar veremiyorum," dedi. Azize sol eliyle İhsan'ın boynunu kavrayıp dudaklarını dudaklarıyla birleştirdi. Sonra durdu, "Aman Allahım biz ne yapıyoruz?" diyerek lavaboya doğru koşarak uzaklaştı oradan. Birkaç dakika sonra lavabodan çıktı. Kapıda bekleyen İhsan'a "Çok güzel bir geceydi. Teşekkür ederim," dedi. İhsan hiçbir şey olmamış gibi, "Yarın boğazda rakı içelim mi?" dedi. Azize gülümsedi. "Yarın çok erken değil mi?" dedi. "Geç," dedi İhsan. "O halde akşamüstü Çengelköy'deki balıkçı barakasında buluşalım. Orası sakin olur," dedi Azize. Ayrıldılar.

Azize eve döner dönmez önce Rafet'i kapıda bekleyen bakıcı kadına teslim edip yatağına gönderdi. Yatak odasına hiç gidesi yoktu ama salonda uyuyup lüzumsuz yere Meşhut Bey'i şüphelendirmek de istemedi. İstemeye istemeye çıktı yatak odasına, Meşhut Bey çoktan uykuya dalmıştı. Azize banyoya girdi. Yüzünü temizlerken aynada gördüğü genç kadınla bir muhasebeye başladı. Hislerini tarttı ve fark etti ki, yaşadıklarına dair en ufak bir pişmanlık şöyle dursun, yarını iple çekiyordu.

*

Normal bir günde Meşhut Bey erkenden uyanıp işe gider. Sonra Azize saatlerce uyumaya devam eder, uyanınca havuz başında tek başına kahvaltı yapar, gazetelere bakar, sonra muhtemelen bahçede tekrar uyur uyanır vakit öldürürdü. Azize yıllar sonra ilk kez o gün farklı bir güne uyandı. Meşhut Bey gider gitmez kalktı, banyoya girdi. Kuaföre gitti. Kuaförden çıkıp alışveriş yaptı. Yeni kıyafetler aldı. Eve döndü, yeni aldığı kıyafetleri hazırlattı ve yanına şoför almadan İhsan'la buluşmaya gitti.

İkinci buluşma da ilki gibi ihtiras doluydu. Benzerine az rastlanan bir durumdu bu: Konuşarak değil susarak anlaşıyor, dokunarak değil bakarak sevişiyorlardı. Azize arta kalan bir zamanda, "Sen kimsin İhsan?" diye sormayı başardı. "Nereden çıktın?" dedi.

İhsan Egeli bir ailenin tek oğluydu. Öğretmen olduktan sonra okul yönetimi başarısını takdir edip onu okul müdürlüğüne getirmişti. Azize'den 5 yaş büyüktü ve hiç evlenmemişti. İstanbul'da bir evde kirada oturuyor, tek başına yaşıyordu. Azize, "Benim anlatmamı da ister misin?" deyince İhsan, "İstemem. Ben biliyorum bilmem gerekeni," dedi. "Nasıl istersen..." diye cevap verdi Azize.

İhsan ve Azize yaz boyunca hep o barakada buluştular. Azize barakanın sahibine para veriyor, İhsan'la buluşacakları gün başka hiç kimseyi o küçük barakadan bozma lokantaya almamasını sağlıyordu. Kış gelince baraka kapandı ve iki sevgilinin tek buluşma yeri otomobillerinin içi oldu. "Bir gören olur" endişesiyle sadece arabada susuyor, arabada bakışıyorlardı. Bir akşamüstü Arnavutköy sahilinde İhsan'ın arabasında buluştular. Ellerinde biraları, güneşin batışına karşı göz göze susuyorken genç adam ilk kez "Ne zaman?" diye sordu.

"Ne zaman?"

Azize kısa bir duraksamanın ardından, "Merak etme, yakında," dedi.

Azize hayatında büyük bir dalganın tesiriyle tehlikeli bir aşkın limanına savrulurken artık bir karar aşamasına gelmişti. Ancak hayatını tamamen değiştirecek bir karar vermek üzere olan tek kişi Azize değildi!

55'inci yaş gününe sayılı vakit kalan Meşhut Bey de bir karar aşamasındaydı.

*

Meşhut Bey hiç kimseden habersiz, tıpkı Azize'ye evlenme teklif ettiği günkü gibi 55'inci yaş gününde de bir sürpriz yaparak ömrünün geri kalan kısmında kendisinden beklenmeyen köklü bir değişimin ilk adımını atmaya karar vermişti.

Bu büyük kararın şerefine Meşhut Bey 55'inci yaş günü için büyük bir davet tertip etti. Siyasetçiler, sanatçılar, meslektaşları, gazeteciler, İstanbul sosyetesinin en tanınmış simaları o gün oradaydı... Azize ise o gün İhsan'la sabah Kanlıca'da buluşmuş, kocasının yaş günü yüzünden sevgilisinden erken ayrılmak zorunda kalmıştı.

Azize, İhsan'dan ayrıldıktan sonra alelacele eve geldi. Meşhut Bey'in arabasını kapıda görünce, *Hay Allah benden önce gelmiş. İnşallah nereden geliyorsun diye sormaz*, diye geçirdi içinden. Hemen eve girdi. Meşhut Bey bahçede hazırlıkları kontrol ediyordu. "İyi bari" diyerek üzerini değiştirmek için yatak odasına çıktı, dolaptan rastgele bir kıyafet seçti. Kıyafetine uygun bir kolye küpe takmak için çekmeceyi açtı. Ama o da ne?!

Kapağında, "En büyük hediyeme, Azize'me..." yazan bir kutu!

Azize kutuyu açtı, üzerinde dev bir pırlanta bulunan tek taş yüzük! Yüzüğü takmadan hızlıca kutusunu kapattı. "Bu da nereden çıktı şimdi?" dedi. İçinden o yüzüğü hiç takmak gelmiyordu. Ama takmasa çok mu şüphe uyandırırdı? Bütün bunları düşünürken Meşhut Bey'in merdivenlerden yukarı, yatak odasına çıktığını fark etti. Alelacele yüzüğü parmağına taktı. Yatak odasının kapısına doğru yürürken Meşhut Bey'le karşılaştı. Meşhut Bey'in suratında aldığı "değerli" hediyeye karşılık karısından güzel sözler duymayı bekleyen bir ifade vardı.

Azize, "Çok teşekkür ederim, zahmet etmişsin," dedi. "Senin bunca yıldır katlandıklarının yanında o hiçbir şey," dedi Meşhut Bey. Azize, "Yok canım, estağfurullah ne zahmeti," diyerek konuyu kapamaya çalıştı. Meşhut Bey, "Misafirler gelmeden seninle konuşmak istediğim bir şey var," dedi. Azize, telaşlı bir tonla, "Ne oldu ki?" diye sordu.

"Bak Azize ben bunca yıl mesleğimde bir yerlere gelmek için büyük özveride bulundum. Sen olmasan belki bir ailem bile olmayacaktı. Artık param var, ailem var ama yaşım geçiyor. Mesleğimde istediğim yere fazlasıyla ulaştım. Bundan böyle geri kalan ömrümü kendim için, ailem için yaşamak istiyorum. O yüzden bugünden sonra kendi kendimi emekli ediyorum. Çalışmayacağım. Sadece karımla ve çocuklarımla meşgul olacağım.

Azize buz gibi terledi, yüzü bembeyaz oldu.

Azize'nin bu halini gören Meşhut şaşkınlık içinde, "Anlamadın herhalde, artık işe gitmeyeceğim. Evde seninle ve çocuklarla olacağım. Bol bol tatile çıkacağız..." dedi.

"Yoksa mutlu olmadın mı?"

Kocasının bu kararı tam da onu terk etmeye hazırlanan Azize'yi adeta yıkmıştı. *Ben onu terk etmeyi düşünüyorum o bana daha da bağlanmayı*, diye geçirdi içinden.

Kendince verdiği bu büyük karara Azize'nin kayıtsız kalmasına sinirlenen Meşhut Bey sesini yükselterek, "Bir şey söylesene hanım," dedi.

Azize hemen toparladı durumu ve "Senin için zor olur diye endişeleniyorum. Bunca yılın ardından... Yoksa sevinmez miyim," dedi.

Azize'nin bu cevabı Meşhut Bey'i bir nebze rahatlattı: "Ben kararımı verdim. Artık ailem için yaşayacağım yeter hastalarım için yaşadığım... Hadi misafirler gelmeye başlamıştır. Bahçeye inelim."

Birlikte bahçeye indiler. Azize bir yandan eğleniyormuş gibi yapıyor diğer yandan ise kara kara, "Ben şimdi ne yapacağım?" diye düşünüyordu.

Meşhut Bey 55'inci yaş günü pastasını üfledikten sonra duygusal bir konuşma yapıp emeklilik kararını tüm misafirlerine duyurdu. Davetliler, Meşhut Bey'in yeni yaşını ve yeni hayatını sabaha kadar eğlenerek kutladılar.

*

Ertesi sabah Meşhut Bey'in yeni hayatının ilk günüydü. Azize her zamanki gibi geç uyandı. Meşhut Bey'i yanında göremeyince bir umutla, "Acaba dayanamadı işe mi gitti?" dedi kendi kendine. Yataktan kalktı, hızla bahçeye indi. Meşhut Bey sofranın ucunda tek başına oturuyordu! Meşhut Bey Azize'yi görünce ayağa kalktı, "Size kahvaltı hazırladım. Çocuklar yedi, okula gittiler. Ben de sen uyanana kadar gazeteye bakıyordum," dedi.

Bu böyle olmayacak, dedi içinden Azize, bir hışımla yatak odasına çıkıp banyoya girdi. Saatlerce banyoya kapadı kendisini. Sonra banyodan çıkıp kıyafetlerini giydi. İhsan'la buluşacaktı. Aşağı baktı. Meşhut Bey bahçıvanla çiçekleri buduyordu. "İyi de hangi bahaneyle evden çıkacağım şimdi?" dedi.

En mantıklısı bugün İhsan'la buluşmamaktı. İlk günden kocasının dikkatini çekmemeliydi. Yeniden ev kıyafetlerini giyip bahçeye indi. Sofraya oturdu, iştahı tamamen kapanmıştı. Hizmetliden sade bir kahve hazırlamasını istedi. 5 dakika sonra elindeki tepside iki fincan kahveyle Meşhut Bey göründü! Meşhut, genç karısına elleriyle kahve hazırlamıştı! Masaya yaklaştı, tepsiyi Azize'nin önüne koydu. Azize olanlara anlam vermeye çalışırken tepsideki iki kâğıt parçası dikkatini çekti. "Bunlar ne?" diye sordu. Meşhut Bey cevap verdi: "Paris'e uçak biletlerimiz. Yarın baş başa tatile çıkıyoruz."

Durum, Azize için iyice katlanılamaz bir hal alıyordu. Ani bir tepki verip şüphe uyandırmak istemedi. Kahvesini bitirdikten sonra, "Dün galiba içkiyi fazla kaçırdım. İyi hissetmiyorum kendimi. Biraz dinleneceğim," diyerek yeniden yatak odasına çıktı. Bütün günü yatak odasında geçirdi. Ne öğlen ne de akşam yemeğe inmedi. Öyle ki aynı evin içinde o gün çocuklarını bile görmedi. Azize sabırlı biri değildi. Bu şekilde yaşamaya devam edemezdi. Bir şeyler yapmalıydı.

*

Sonraki gün, her sabah erkenden uyanan Meşhut Bey yeni hayatına adapte olmak adına biraz daha yatakta kalmak için zorladı kendini. Ama ne fayda! 20 dakikalık debelenmenin ardından sabah 5.50'de yine ayaktaydı. Her zamanki gibi önce terliklerini giydi ve tuvalete girdi. Duşunu aldı. Bornozuyla kıyafet odasına geçerken odada bir gariplik sezdi. Yatak boştu! Karısı Azize yatakta değildi. "Öteki tuvalete mi girdi acaba?" dedi. Öteki tuvalette de kimse yoktu. Çocukların odasına baktı. Yoktu! Bahçeye baktı. Yoktu! Garaja gitti, Azize'nin arabası oradaydı ama kendisi yoktu! Tekrar yatak odasına döndü. "Sabahın bu saatinde nereye gitmiş olabilir ki?" diye sordu kendi kendine. Tam o esnada aynanın önüne bırakılmış, üzerinde "Meşhut Bey'e" yazılı bir zarf ilişti gözüne. Panik içinde zarfı açtı. Mektubu yazan Azize'ydi. Genç kadın bütün yaşadıklarını, duygu dünyasını ve hayatının geri kalanıyla ilgili verdiği o kararı açık açık yazmıştı. Azize'nin mektubundaki her cümle ayrı bir hançer saplıyordu Meşhut Bey'in kalbine ama en çok da o cümle: "Ben seni değil bana sunduğun hayatı seçmişim, bunu gerçekten birine âşık olunca anladım."

Azize her şeyi dürüstçe yazmıştı. Aralarındaki yaş farkının zaman içinde nasıl büyük bir sorun haline geldiğini mesela... Orta yaşı geçmiş bir adamın hayatını yaşamak zorunda olmanın genç ve güzel bir kadın için ne büyük ıstırap olduğunu mesela...

Azize, "Her şeyi sana bırakıp aşkın peşinden gidiyorum ben. Her şey için teşekkür ederim ve tüm haklarımı sana helal ediyorum. İnşallah sen de edersin" diye bitirmişti mektubunu. Gözyaşları içinde mektubu tamamlayan Meşhut Bey'in bu vedaya cevabı ise tek bir cümleydi: "Haram olsun!"

*

Meşhut Bey o günden sonra Azize'nin adını bir daha hiç anmadı. Sadece kendisi değil, çocuklarına ve çevresindekilere de Azize'yi yasaklayacaktı. O günden sonra görüşüp konuşmak bir yana dursun "o ismi" telaffuz etmek bile yasaktı.

Bir daha doktorluğa dönmedi Meşhut Bey. Çocuklarının eğitimiyle meşgul oldu. Rafet gazeteci oldu. Devin ise reklamcı. Onları öylece bırakıp giden annelerini hiç affetmediler. Babalarının ektiği nefret tohumları öyle kök salmıştı ki içlerinde, Azize'nin cenaze törenine bile gitmedi çocukları.

Gazeteciliğe ilk başladığım yıllarda tanışmıştım ben Rafet'le. Annesi ve babasının bu hazin hikâyesini bir rakı sofrasında o anlatmıştı bana. Günün birinde "Anneniz öldü" diye aramışlar. "Benim annem yıllar önce öldü," demiş, kapamış telefonu. Meşhut Bey, karısı Azize'nin onu terk edişinden yıllar sonra kanser olmuş. Kansere yakalandıktan sonra hastalık hızla ilerlemiş ve Meşhut Cevanşir birkaç yıl içinde vefat etmiş. Çevresindeki herkes Meşhut Bey'in bu illet hastalığa yakalanmasından Azize'yi sorumlu tutmuş. Rafet'in babasının ölümüne dair söylediği o sözleri hâlâ dün gibi hatırlarım: "Babam annemin adını bile yasaklamıştı kendine ama koskoca hekim, büyük tıp profesörü Meşhut Bey'in bilmediği bir şey vardı. Dil yasak dinliyordu ama yürek asla... Babam evlatları da dahil herkesin içinde annemi öldürmeyi başardı ama kendi içinde hep ilk günkü gibi yaşamasına hiç mani olamadı."

Kime ait bilmiyorum ama bir yerde okumuştum, diyordu ki: "Birisini unutmak istiyorsanız bunu sindire sindire yapın. Çünkü aklın zamansız öldürdükleri yürekte apansız dirilir."

Azize'ye gelince...

Sahi o Meşhut Bey'i terk ettikten sonra ne yaptı? Nasıl bir hayat yaşadı? İhsan'la evlendi mi? Mutlu oldular mı? Yoksa bedbaht bir hayat mı yaşadı? Pişman mı oldu? Misal ölürken İhsan var mıydı yanında? Bu soruların cevabını Rafet de bilmiyordu. Bir ara düşeyim yollara, Azize ve İhsan'ın hikâyesini öğreneyim, yazayım istedim. Sonra düşündüm...

İhsan'ın o sözleri geldi aklıma ve sordum kendi kendime: Her hikâyenin sonunu öğrenmek şart mı? Susarak anlaşmak, bakarak sevişmek... Böyle bir aşkın sonunu değil, yolunu öğrenmeli insan.

35'TEN BİLDİRİYORUM

"*Yaş otuz beş! yolun yarısı eder.*
Dante gibi ortasındayız ömrün.
Delikanlı çağımızdaki cevher,
Yalvarmak, yakarmak nafile bugün,
Gözünün yaşına bakmadan gider."

...diye başlar büyük şair Cahit Sıtkı Tarancı 'yolun yarısını' tarife ve şöyle devam eder:

"*Zamanla nasıl değişiyor insan!*
Hangi resmime baksam ben değilim.
Nerde o günler, o şevk, o heyecan?
Bu güler yüzlü adam ben değilim;
Yalandır kaygısız olduğum yalan.

Hayal meyal şeylerden ilk aşkımız;
Hatırası bile yabancı gelir.
Hayata beraber başladığımız,
Dostlarla da yollar ayrıldı bir bir;
Gittikçe artıyor yalnızlığımız.

Gökyüzünün başka rengi de varmış!
Geç fark ettim taşın sert olduğunu.
Su insanı boğar, ateş yakarmış!
Her doğan günün bir dert olduğunu,
İnsan bu yaşa gelince anlarmış.

Ayva sarı, nar kırmızı sonbahar!
Her yıl biraz daha benimsediğim.
Ne dönüp duruyor havada kuşlar?
Nerden çıktı bu cenaze? Ölen kim?
Bu kaçıncı bahçe gördüm tarumar?

Neylersin ölüm herkesin başında.
Uyudun uyanamadın olacak.
Kim bilir nerde, nasıl, kaç yaşında?
Bir namazlık saltanatın olacak,
Taht misali o musalla taşında."

*

Lise yıllarında şiir seven beş, altı arkadaştık biz...

Bir araya gelişlerimiz Özdemir Asaf'la başlar, Ümit Yaşar'la devam eder, Sezai Karakoç, Sunay Akın, Pablo Neruda derken Cahit Sıtkı ile sonlanırdı. Ve ne zaman biri Cahit Sıtkı dese, öteki "35'imizde nasıl olacağız acaba?" diye sorardı.

Ben bugün oradayım.

Bütün merakım, acemiliğim ve heyecanımla 35'imden bildiriyorum bu pazar...

*

Çok değil, 35'e ayak basalı henüz birkaç gün oldu...

Aman yanlış anlaşılmasın... 70'leri, 80'leri görenlere münasebetsizlik edip "35 yıllık bir hayat dersi vermek," değil maksadım... 35 yaşında bir adamın ruh halini anlatıp kaçacağım.

Henüz birkaç saat olmuştu 35'e gireli...

Gece yarısı saat iki civarı filan...

35 yıldır tanıdığım ve "İyi ki varlar," dediğim hemen hemen bütün insanlar hatırlamıştı... Kimi bir cümlelik bir

mesaj, kimi üç kelimelik bir telefon görüşmesi, kimi bir mektup, kimiyse hikâyesi olan bir şarkı ile "Buradayız, biz varız," demişlerdi.

*

Yıllardır konuşmadığım, aramızda iki kıta mesafe bulunan bir dost ilk kez doğum günüm için arıyor, "İnsan her gün gördüğüne, konuştuğuna değil, her ihtiyacı olduğunda görüp konuşabileceğini bildiğine 'dost' der. Bugün 35... Yolun yarısı... Bir daha 35'ine giremeyeceksin. O yüzden aramak istedim. Geri kalan ömrün mutlu olsun dostum," diyordu.

*

"Hiç aramaz" dediklerim....
Üzdüklerim, kırdıklarım...
Herkesin insan olduğunu iddia ettiği bir dünyada sahici insan olmanın şerefine ses veriyordu o gece...
Ah pişmanlıklarım!
Hayatım boyunca tanışmadığım, ama her gün yazılarımı okuduğunu öğrendiğim altmış dört yaşında bir okuyucum gecenin bir buçuğunda upuzun bir tebrik maili atıyordu...

Aslında hiç tanımadığım binlerce dostum olduğunu hatırlatıyordu bana...

*

Ya Çarşı...
Bu âlemde Çarşı herkese karşı!
Her maç öncesi omuz omuza Beşiktaşk'ımızı buluşturduğumuz Kartallar, "Kartal'da doğdu, Beşiktaş'ta oldu... İyi ki doğdun sana Candaş Tolga" yazılı bir kartonu gece yarısı evimin kapısına bırakıyordu...

*

Fakültede bir hocam demişti ki: "İnsan bir tek 35'inde yaşını hisseder... 20'sinde daha yaşlısındır, 40'ından sonraysa hep daha genç... Ama 35'inde herkes 35'tir."

*

Nedir hayatta insana "Oldu bu iş, başardım," dedirten, bilmiyorum.
Ellisinde, altmışında bilir miyim onu da bilmiyorum.

İşinde vazgeçilmez olmak mı? Para pul, mal mülk mü? Yoksa şan, şöhret, ün mü?

Çok şükür, bunların hiçbirine o ölçülerde sahip değilim... Sahip olma ihtimalim olmadığı gibi, açık söylemek gerekirse pek olasım da yok!

Kaldı ki 35 yaşın üçüncü gününde öğrendiğim ve bunların hepsinden öte mutlu kılan bir şey var hayatımı...

O ne mi?

İnsan biriktirmek.

*

35'inde anladığım şudur ki.

Mutluluk...

İki damla gözyaşını birlikte akıtabildiğiniz, bir bardak rakıyı birlikte fondip yapabildiğiniz, acısını acınız belleyebildiğiniz, hüznüne ortak olabildiğiniz, kederini paylaşabildiğiniz, düşerken elini tutabildiğiniz, dayak yiyeceğinizi bile bile birlikte kavgaya girebildiğiniz insanlardır.

Onları biriktirebilmiş olmaktır.

35'ini kutlayan herkesin doğum günü kutlu olsun. ☺